美しい日本語　荷風

永井荷風
持田叙子・髙柳克弘【編著】

III　心の自由をまもる言葉

慶應義塾大学出版会

美しい日本語　荷風　Ⅲ　心の自由をまもる言葉　目次

第一部　荷風　散文・詩より　持田叙子　5

人の命のあるかぎり　6
自由と平和の歌
『紅茶の後』序　10
妾宅　13
歌舞伎座の稽古　20
批評家の任務　25
文明一周年の辞　27
猥褻独問答　31
洋服論　34
亜米利加の思い出　40
勲章　43
『断腸亭日乗』と戦争
昭和十二年　56
昭和十三年　60

昭和十四年 65
昭和十五年 78
昭和十六年 91
昭和十七年 109
昭和十八年 124
昭和十九年 145
昭和二十年 161

＊

第二部 荷風 俳句より 高柳克弘 195

第一部

荷風　散文・詩より

持田叙子

人の命のあるかぎり

人の命のあるかぎり自由は滅びざるなり、と荷風は書いた。六十一歳、昭和十六年元旦の日記である。第二次世界大戦が前々年におきた。戦争色が生活を圧迫する。自由と平和は踏みつぶされる。そうなるほど荷風はつよくなる。今まで自身は病弱ですぐ死ぬかも、いや必ず早く死ぬ、と言っていた。日記でも作品でもそれが口癖だった。じぶんが弱いから、社会に迫害される弱い人間の味方なのだと宣言していた。逆である。戦争という有事にそれが露呈した。

荷風はつよい。外からの強制や圧迫に決して負けない。いかなることにも折れない芯をもつ。つよいから、弱いはかないものを愛した。世の中に水屑《みくず》のように浮かんでは消える哀れのもろもろを、つよい筆の翼で庇護した。それが荷風文学の本質である。

美しいものについて語ろう、という声は荷風の全作品をつらぬいて聞こえる。彼の愛する美は私たちにもわかりやすい。すなおで明るい。花と木と小鳥を愛した。平和なおやつの時間を愛した。人間の戦う世界と関わりなく、空にかがやく月や宵の明星を熱愛した。

俗だ、という人もいる。荷風の哀愁は甘くていただけないとする文学者芸術家も少なくない。荷風が死んだ六日後、女流作家の野上弥生子が交流あつい哲学者の田辺元《はじめ》に手紙で、「永井さんの死をどう御考えになりましたでしょうか」と問いかけている。彼らは荷風と同じ七十代である。その独居死は他人事ではなかったのだろう。二人とも荷風は「日本人には珍しい強い人間」であるとするが、その文学を平俗だといささか見下す点でも共通する（『田辺元・野上弥生子往復書簡　下』岩波現代文庫）。

戦後日本の代表的な文化人である二人のこうした傾向がいい悪いではなく、改めて荷風の特質がよく解る。荷風は彼らのような知識人コミュニティを脱して書いていた。日本に珍しい独立空間で書いた。ちょくせつ読者に向けて書いた。ふつうの本好きの人にわかりやすく面白く書いた。自由なことばで書いた。

一見当たり前のようだが奇跡的なことである。いかなるコミュニティにも属さないことは至難である。精神の自由を説く人は多いが、意識せぬうちに自身も何らかの文化の輪の中にいる。荷風はねばり強い決意で輪を脱しつづけた。一切のそんたくをしなかった。ひたすら読む人と対話して書いた。だから永遠に美しい。不滅の人気をもつ。真に自由な人から生まれた自由なことばを、この機会にぜひ味わっていただきたい。

自由と平和の歌

『紅茶の後』序

『紅茶の後』とは、荷風が自身のひきいる「三田文学」に精力的に発表した文芸批評や季節エッセイ、劇評などをあつめた随筆集である。盟友の籾山《もみやま》仁三郎の書店より同題のもと、明治四十四年、一九一一年に刊行された。序文はその際に初めて付けられた。抄出をかかげる。

「紅茶の後《あと》」とは静かな日の昼過ぎ、紙よりも薄い支那焼の器に味わう暖国《だんごく》の茶の一杯に、いささかのコニャック酒《しゅ》をまぜ、或いはまた檸檬《シトロン》の実の一《ひと》そぎを浮べさせて、ことさらに刺激の薫《かお》りを強くし、まどろみ勝ちなる心を呼び覚して、とりとめも無き事を書くという意味である。篇中過去の追憶に関すること多きもこれがためである。しかして時にまた、時事に激して議論めいた事を書いたにしても、それは初めから無法無責任の空論たることを承知して貰わねばならぬ。自分は己れの所論に対して己れ自ら何らの権威をも信用をも与えておらぬ。けれどもただその云い草が、果して魚河岸の阿兄《あにい》の如くに気がきいているか否かについてのみ、大いに心配しているのである。

夏の朝風に刺青《ほりもの》を吹かせ、日本橋の真中で喧嘩するの快感は、決して相手を無二無三に傷《きずつ》ける事のみを必要としない。相手のものが心《しん》から恐れ入ったか否かを知る事よりも、まず第一に、自分の心がすっきりと好い心持になり、次《つい》で急用を忘れて立ち留る見物人の方様《かたさま》へも、いささか面白い思いをさせることが必要なのである。喧嘩の相手と原因のいずれが正しきか否かを問う如きは蓋《けだ》し最後の最後である。

三十二歳の手による、きわだってお洒落な異色の序文である。いかめしくない。肩の力が抜けている。まずふわんと、おやつ時のレモンティーが優しく香る。その香気のように、読む人のこころを楽しく暖める文章を書いたのだと述べる。ときに激して現代の時事問題にかみつく議論も書いたかもしれないが、決してそれを本気に取ってくださるな、自分の主張を正しいと権威づけることこそ最も自身の心から遠い、と強調する。

荷風はここで素晴らしいケンカのやり方を伝授してくれる。ケンカの秘訣は相手に退路を残し、粉砕するまで追いつめないこと。そんなことをすれば怨みがつのり、どす黒い戦いが新たに始まる。ケンカの目標は――まず悔しいと思う自身の気もちを少しさっぱりさせること。そしてケンカを見物する皆さまにも、ああ面白かった胸がすいた、と思っていただけるショーであること。

全力で戦い血を流すなどは野暮のきわみである。ここはぜひ、朝一番に軽くケンカを片づけて喝采を浴びる、いなせなケンカのプロ、「魚河岸の阿兄《あにい》」に学ぶべし。

「夏の朝風に刺青《ほりもの》を吹かせ」というフレーズが美しい。朝顔のいさぎよい藍色が匂い、風鈴の音色も川面に響く。冒頭のヨーロピアンな紅茶の香りと好一対になる、江戸前の言葉の華だ。

「喧嘩」にたとえながら荷風がここで説くのは、評論や批評の明るく華やかなスタイルについてであろう。議論の醍醐味は、意見交換立論反論の過程にある。相手を倒すことではない。

とうじ狭い文壇における文士どうしの言葉の戦いは激越であったらしい。相手の作家生命をうばう殺気も濃厚だった。荷風はそうした殺風景にうんざりしていたらしい。ほらほら、そんなに夢中になって互いにののしり合っている間に、かんじんのお客様、すなわち読者を放ったらかしにしているんじゃないかい。

この主張どおり以降、荷風の批評は断然ゆたかな芸尽くしである。つねに読者を置き去りにせず、読む人にしきりに呼びかける。話題は天候季節、絵画音楽、風俗行事と多彩にうねり変化する。ときに世に放つ毒舌も必ず笑いをともなう。

三田文学主幹として、発禁や検閲の嵐の渦中に立つ若き荷風の説くケンカの秘訣は、私たちの日常にもとても役立つ。たしかに相手を追いつめても残るのは恨みと怒りだけ。生産性がない。むしろ相手に適当な逃げ道をつくって上げて、てきとうな頃合いを見てケンカをやめる。怒りを断ち切る。これは徹底して生涯、非戦をつらぬいた荷風から学ぶ貴重な知恵である。

妾《しょう》宅《たく》

明治四十五年、一九一二年二月、北原白秋ひきいる文芸誌「朱欒《ざんぼあ》」に前半の五章までが発表され、おなじ年五月の「三田文学」に後半が発表された。題名が色っぽいので、小説と混同されないよう、表題に「随筆」と付記される。

この年の九月、父の命で結婚する荷風は三十三歳。欧米から帰ってよけいに、故国の封建制とうわべばかりの近代化に失望し、絶望する日々である。

本作の冒頭で、もはや一切全てをあきらめ、「仮面」をかむって世過ぎをすることに決めた「珍々先生」なる文筆家を登場させる。もちろん偽名である。「先生」は荷風の分身である。

浅はかな「西洋模倣」をする芸術家たちに立ち混じり、いちおう時代の「生存競争」についてゆく。しかし真にほっとして仮面をぬぐ「隠れ家」が必要だ。そこで先生はお気に入りの芸者を花街から引かせ、下町の川べりの四間しかない古い借家を妾宅として、彼女とともに住まう。ここは唯一の「心の安息所」である。

古い。寒い。暗くて気味わるい。建付けが貧相で、吹きこむ川風にふるえる。当代の文化人ならば逃げ出すであろう古家をあえて根城とし、猫をひざに置きごたつに背を丸める老人くさい視点から、さあ、若い荷風のさっそうたる現代批判が次々に飛び出す。このギャップがいい。フランス帰りの荷風の中から意表をついて、勝気な意地悪おじいさんが生まれた……！

皮相な文明文化への毒舌が爆裂するラストスパート、最後の八、九章より二か所を抄出する。

希臘《ギリシヤ》、羅馬《ローマ》以降泰西の文学はいかほど熾《さかん》であったにしても、未だ一人として我が俳人一茶、大江丸の如くに、放屁《ほうひ》や小便や野糞までも詩化するほどの大胆を敢《あえ》てするものは無かったようである。日常の会話にも下《しも》がかった事を軽い可笑味《ユーモア》として取扱い得るのは日本文明固有の特徴と云わなければならない。この特徴を形造った大天才は、やはり凡《すべ》ての日本的固有の文明を創造した籠居《ろうきよ》の「江戸人」である事は今更ここに論ずるまでもない。もし以上の如き珍々先生の所論に対して不同意な人があるならば、請う試《こ》みに、旧習に従った極めて平凡なる日本人の住家《じゆうか》について、まずその便所なるものが椽側《えんがわ》と座敷の障子と庭なぞと相俟《あいま》って、いかなる審美的価値を有しているかを観察せよ。本家《おもや》から別れたその小さな低い杮葺《こけらぶき》の屋根と云い、竹格子の窓といい、入口の杉戸といい、特《こと》に手を洗う椽先の水鉢、柄杓、その傍には極《きま》って葉蘭や石蕗《つわぶき》なども下草にして、南天や紅梅の如き庭木が眼隠しの柴垣を後《うしろ》にして立っている有様。春の朝《あした》には鶯がこの手水鉢の水を飲みに檜杓《ひしやく》の柄にとまる。夏の夕《ゆうべ》には椽の下から大きな蟇《ひきがえる》が湿った青苔の上にその腹を引摺《ひきず》りながら歩き出る。家の主人が石菖《せきしよう》や金魚の水鉢を椽側に置いて楽しむのも大抵はこの手水鉢の近くである。宿の妻が虫籠《むしかご》や風鈴を吊すのもやはり便所の戸口近くである。草双紙の表紙や見返しの意匠なぞには便所の戸と掛けた手拭と手水鉢とが、いかに多く使用されているか分らない。かくの如く都会に於ける家庭の幽雅《ゆうが》なる方面、町中の住居の詩的情趣を、もっぱら便所とその周囲の情景に仰いだのは実際日本ばかりであろう。西洋の家庭には何処に便所があるか決して分らぬようにしてある。習慣と道徳とを無視するいかに狂激なる仏蘭西《ふらんす》の画家といえども、まだ便所の詩趣を主題にしたものはないようである。そこへ行くと、江戸の浮世絵師は便所と女とを配合して、巧みなる冒険に成功しているではないか。細帯しどけなき寝衣《ねまき》姿の女が、懐紙を口に啣《くわ》えて、例の艶《なまめ》かしい立膝ながらに手水鉢の柄杓から水を汲んで手先を洗っていると、その傍に置いた寝屋の雪洞《ぼんぼり》の光は、この流派の常として極端に陰影の度を誇張した区劃の中に夜の小雨のいと蕭《しめ》やかに海棠《かいどう》の花弁《はなびら》を散らす小庭の風情を見せているなどは、誰でも知っている、誰でも喜ぶ、誰でも誘《いざな》われずにはおられぬ微妙な無声の詩ではないか。

日本列島は狭い小国である。いかほど欧米を手本にしたとて、豊満な大平地と活発な生産力からうまれる彼らの「大きな芸術」にはかなわない。国土に似あう、ささやかな愛らしい芸術が日本にはあるではないか。それは今むしろ世界においても現代的である。暮らしの随所に詩情を見いだし、日常生活を楽しむ小さな芸術――江戸の浮世絵や俳句はモダンだ。

たとえば偉大なギリシャ・ローマ文学とて発見していないテーマが日本にはある。それは人類の永遠の普遍、すなわち糞尿だ。大胆にも江戸の俳人狂歌作者は世界文学の先頭を切り、人類の排泄を詩として歌った。いくら威張っても澄ましても、みな人間。おならやおしっこ、うんこは誰でもする。そのもの哀しさをユーモラスに詠む。すばらしい人間詩である。

もしやこの説に不服のある人は、どこにでもある平凡な木造の日本家屋を思い出してみよ。その縁側、障子と庭のよさ、それらとハーモニーをかなでる「便所」の美しさを改めて省みてほしい。

西洋では排泄の場所を徹底的に隠す。日本の家は隠すといった発想がない。便所を母屋から離れた庭の一角の趣ある小家とする。うすい木材をきれいに並べて屋根とし、柴の垣根でかこう。母屋とつながる廊下には手を洗う鉢を置き、水を受けとめる涼しげな植物を生やす。春はうぐいすが鉢の水を飲み、夏は用を足す人の目を喜ばせるために、戸口に風鈴や虫かごが吊るされる。

日本人の暮らしの知恵は、排泄の場を忌むべき汚らわしいものではなく、ほっと一息つく小さな別天地とした。浮世絵にはよく、この秘かな愛らしい場所が描かれる。トイレットを画材としたのは前人未到、江戸人のみであろう。まさに生活と芸術の理想の合致である。


日本の御老人連は英吉利《イギリス》の事とさえ云えば何でもすぐに安心して喜ぶから丁度よい。健全なるジョン・ラスキンが理想の流れを汲んだ近世装飾美術の改革者ウイリアム・モオリスという英吉利人は、現代の装飾および工芸美術の堕落に対して常に、趣味 Goût と贅沢 Luxe とを混同し、また美 Beauté と富貴 Richesse とを同一視せざらん事を説き、趣味をもって贅沢に代えよと叫んでる。モオリスはその主義として芸術の専門的偏狭を憎み飽くまでその一般的鑑賞と実用とを欲したために、時には却《かえ》って極端過激なる議論をしているが、しかしその言うところは、あえて英国のみならず、殊《こと》にわが日本の社会なぞに対してはこの上もない教訓として聴かれべきものが少くない。その一例を上ぐれば、現代一般の芸術に趣味なき点は金持も貧乏人もつまりは同じであるという事から、モオリスは世のいわゆる高尚優美なる紳士にして伊太利亜《イタリヤ》、埃及《エジプト》などを旅行して古代の文明に対する造詣《ぞうけい》深く、古美術の話とさえいえば人に劣らぬ熱心家でありながら、平然として何の気にするところもなく、請負普請《うけおいぶしん》のような醜劣《しゅうれつ》俗悪な居室の中に住まっている人があると慨嘆している。これは知識ある階級の人すらが家具及び家内装飾等の日常芸術に対して、一向に無頓着である事を痛罵《つうば》したものであろうが、わが日本の社会に於てもまた同様。書画骨董と称する古美術品の優秀清雅と、それを愛好するとか称する現代紳士富豪の思想及《および》生活を比較すれば、誰れか啞然《あぜん》たらざるを得んや。しかしてこゝに更に更に一層啞然たらざるを得ざるは新しき芸術、新しき文学を唱《とな》うる若き近世人の立居振舞であろう。彼らは口に伊太利亜復興期の美術を論じ、仏国《ふっこく》近世の叙情詩を云々《うんぬん》して、芸術即《すなわ》ち生活、生活即ち美とまで云い做《な》しながらその言行の一致せざる事寧《むし》ろ憐むべきものがある。看《み》よ。彼らは己《おの》れの容貌と体格とに調和すべき日常の衣服の品質縞柄《しまがら》さえ、満足には撰択し得ないではないか。

こう言ってもまだ、糞尿の話など鼻につく、お行儀が悪い、と顔をしかめる老大家は多かろう。それなら維新以来、イギリス文明びいきの彼らにも喜んでいただけるよう、旬の英国芸術家、ウイリアム・モリスの生活芸術の思想に照らし合わせて説くことにする。

この美術家にして職人、詩人にして社会主義者である全能の芸術家は、貧富の差なく日々の生活を美しくして楽しむことは、人間のいのちの権利であると考えた。芸術とは王侯貴族のみのものではない。ふつうの家庭にも美と芸術があふれることが、社会をよくする。

芸術は王宮や寺院の中で化石化するものではない。今の時代のざわめきの中で多くの人に愛されるものだ——これが自ら工房をつくり、椅子や食器や家具にいたるまで手しごとの芸術的なモノづくりを実践したモリスの信念だ。

この生活芸術の考えは、イギリスのみならず現今の日本でこそ注目すべきであろう。

芸術家顔する作家や画家。あるいはモリスも指弾する上流階級の紳士。彼らは美術といえば、古代の話や骨董談しかしない。自分たちの日々の暮らしに生きて役立つ美術に思い及ばない。エジプト文明に明るい知識人が、かんじんの自身の家は一律平凡な建売住宅に住んで平気だ。

日本の場合はもっとひどい。ルネッサンス期の古典を称揚し、フランス詩を愛吟する若い作家たちなど、自分に似あう衣服の布質や柄さえ選ぶセンスがない。美を愛する意識がまったく身についていない。その言行不一致に唖然とするのみである。

——唖然。荷風がひときわ憤激する折につかう漢語である。「妾宅」は一見いかにも凡々たる花柳小説の皮をかむる。下町の小家でお妾と先生が仲よく心尽くしの手料理をかこむ時間が軸となる。しかし皮をむいてみると、中身の果実からは若々しい最新の生活芸術論の汁が飛び散る。

美術と工芸の境を取り払い、両者を生活にかかわる芸術として活性化することをめざした革命家、モリスの日本への紹介はとびきり新しい。「妾宅」とほぼ同時に、イギリス留学経験をいかして工芸家の富本憲吉がモリス制作の家具・壁紙・織物・ステンドグラスなどを美術雑誌に紹介した。富本憲吉と荷風。この二人がモリスのアーツアンドクラフツ運動のもっとも早い紹介者である。日本近代文化史に刻印される快挙である。

もっとも荷風はモリスに照合させて、日本家屋のトイレットをしきりに生活芸術の一つの理想と説く点にたいそうワサビが利いている。

小さなころから夜中に恐怖でふるえながら暗くながい廊下をあるき、トイレットに通った荷風にとって、そこは家の中でも一種どくとくの神秘の場所だった。気になってしかたなかった。

大正二年に「三田文学」に発表した日本文化論に、「厠《かわや》の窓」と題するものもある。便所、厠、雪隠、はばかり、と色々な名でその場所を呼ぶ。小説で登場人物をよくそこに行かせる。自身、おとなになってからも夜中の厠の窓越しの風にふるえ、雨や虫の音を聞き、小さな窓から月を見てもの思った。

家の一部でありながら、まわりの自然とつながる厠は荷風の気になる愛しい場所である。近代日本のうわべだけ綺麗に取り繕うニセモノ文化に舌戦をいどむにおいて、誰もが口をつぐんでタブー視する排泄の小天地は、彼が皮肉と諷刺の矢を放つ絶好のとりででもあった。

荷風に押されて文壇に華々しく出た谷崎潤一郎は、こうした荷風のことさらの排泄趣味に大きく啓発されている。かの大作『細雪』は美人姉妹を描くにつき、何かとヒロインたちの下痢について語るではないか。何より一世を風靡した谷崎の日本文化論『陰翳礼讃』には、純白でこうこうたる電気のかがやく西洋のトイレットの単調に対し、家屋の外の自然の中につくられ、草や鳥の羽でふんわりと落下した糞尿を隠す日本の厠の優雅について熱心に語る箇所があって目を引く。荷風の批評精神の継承に他ならない。

歌舞伎座の稽古

昭和二年、一九二七年八月に「中央公論」に発表された随筆である。原題は「梅雨日記」。なるほど六月二十三日より三十日まで、しだいに梅雨の季節の深まる日録の形をとる。のちに昭和八年刊行の単行本『荷風随筆』におさめられた。二か所をかかげる。

予は炎暑の日にも開け放ちたる窓に近く坐《ざ》することを好まず、また煽風器の風に吹かるゝことを厭《いと》ふが故《ゆえ》、このカフヱーに入りて楼に登るも階段に近くして窓に遠きところを択《えら》びて坐を占むるなり。酔客の格闘するはこれ酒肆《しやし》にては殆《ほとんど》毎夜のことなり。されば階段に近きあたりに坐を占むれば、いざ喧嘩となりて、コツプビール壜など投げ付けらるゝも、後《うしろ》に硝子《ガラス》窓なければ硝子の破片の飛散る虞《おそれ》なく、かつは速《すみやか》に身をかはして逃《のが》るることを得べし。諺《ことわざ》にも家の閾《しきみ》をまたげば仇《かたき》七人ありとの誡《いましめ》今の世にてもなほ心得おくべきことなるべし。

梅雨に入ったというのに珍しく空の青く晴れる日々。木村錦花《きんか》の脚色で、為永春水の小説「梅ごよみ」を歌舞伎座にて上演するにつき、ご意見番をたのまれた荷風。はなやかな舞台に出入りすることも嬉しいし、春水の名作のリバイバルも喜ばしい。ぜひ応援しなくては、と熱心に六月の後半を木挽町《こびきちょう》へ通う。

そんなある日の暮れ方、読みかけの脚本をふろしきに包み、偏奇館うらの崖道を下りて表通りで電車にのり、銀座へ軽い夕食をとりに行く。なじみのカフェー・タイガーの二階に陣取る。

席の位置にこだわる。階段に至近のテーブルが荷風の定席である。窓の風は虚弱なからだに悪い。夏で暑いといって、扇風機の風もごめんだ。それに何より、カフェーとは基本的に美しい女給に酔い、酒をおおいに飲む所。とくに今ぐっと来ている旬のタイガーでは、ほぼ毎晩、酔った客どうしが乱闘におよぶ。

ゆえに必ず階段の近くにすわる。さすれば、いざケンカが始まり、コップやビールびんが投げつけられても、背後にガラス窓がないので割れたかけらを浴びる心配がなく、と同時に階段を駆け下りてすばやく逃げることができる。

昔のことわざには、家の玄関を一歩出れば七人の敵が自身をねらうのを覚悟し、それに備えよとあるけれど、その知恵は普遍だ。世間で生きる人間の必須の心がけである——。

荷風は徹底的な非戦主義、逃亡主義である。なにしろ彼の殴られ歴は根がふかい。中学生のときは、軟弱な長髪と洋服で通して硬派に目をつけられ、校庭で殴られた。父親が脳卒中で倒れた折は、たまたま芸妓《げいぎ》と旅行中だった。駆け付けたとき父はすでに昏睡状態で、むかし実家で書生をしていて今は軍人となった男がどら息子の不孝に怒り、腰の軍刀を抜いて切りかかってきた。

封建時代の空気のなごりか、どうも明治人は血の気が多い。知識人とて例外ではない。他にもカフェーで二度、荷風は雑誌記者と知己の作家に殴りかかられたことがある。荷風の敬愛する森鷗外も襲われている。鷗外の日記・明治四十四年二月の項には、ある会合で鷗外の批評にかねて不満をもつ新聞記者に突然つかみかかられ、料亭の庭に転げ落ちて、左手にケガをした不快な事件について記される。

筆をもつ者、剣をもつ者にひとしい。多くの人間にうらまれ、憎まれる。いつ襲われても軽やかに逃げられるよう備えるべし――これがジュニアの頃から殴られてきた、荷風の得た教訓なのである。

それにしてもこんな周到な心構えを秘め、夜な夜な銀座の華やかなカフェーにすわっていたとは。刺客の来る様子をうかがい、腰刀に手を当てて片膝立てて飲む、幕末の志士のようである。すわタイガーでけんかとなれば、ズボンをひらめかせて直《ただ》ちに階段を駆け下りる長身の荷風の姿がありありと見え、思わず笑ってしまう一節である。

六月廿四日。陰晴定まらず風は依然として湿気を含みて冷なれど昨日の如く勢烈《はげ》しからず。辰牌《しんはい》起出《おきい》でてショコラを啜《すす》り、二階の書斎寝室の塵《ちり》を掃《はら》ひ、窓の盆栽に水を灌《そそ》ぐこと日々の如し。下女は下座敷と台所とを掃除するのみ。予は元来身辺のことは及ばむかぎり躬《みずか》らこれを弁じて人の手を借らざることを旨《むね》とす。これ一《いつ》には運動のためなり。また二ツには一旦家を失ひ奴婢《ぬひ》を使ふこともできぬ窮境に陥《おちい》るが如きことありても、さほど不自由を覚えざるやうに平素より心懸けをくがためなり。禅宗の僧は躬《みずか》ら炊事をなすのみならず法衣をも縫ふものとか聞きぬ。予も折々その心掛けにて襯衣足袋《シャツたび》などの破れは手づから針を持ちてつくらふ事を怠らざるなり。

衣服と食物とに女の手を借らざるやう日頃より心掛けをく時は、たとへある時女の色香に迷ふことありても深味に陥り後悔すること少し。現時わが国の婦女子は都鄙《とひ》上下の別なくいづれも懶惰《らんだ》となり家事を修《おさめ》ることはなはだ拙《つたな》き故《ゆえ》男子たるものはこれにつきて相応の心掛けは必要なるべきやに思はるゝなり。

六月も終わりが近い。雨か晴れかさだまらぬ湿気のただよう朝。「辰牌《しんはい》」とはまた、古色いかめしい漢語である。朝の七時から九時ごろを指す。目をゆっくり覚ました荷風は例の通り、熱いショコラをすすって朝食とし、二階をさっとそうじし、窓の植木鉢に水をそそぐ。二階は自身が眠り、読み、書く大切な場所なので他人の手は触れさせない。

ふだんは「わたくし」と柔らかく自称することの多い荷風。ここではそれより誇らしい感じの言葉「予」をえらぶ。「予は」、もともと身の回りのことは自身でおこなう主義なのである、と珍しく胸を張る。

第一はこまこま動いた方が健康にいいから。第二はいつ貧乏におちいっても困らないから。人間、いつどうなるかわからない。家もなく使用人も頼めない窮乏を迎えるとも、悠然と落ちついていたい。

禅宗の僧は、炊事も裁縫もすると聞く。その自立の修行に学ぶべし。「予」もはばかりながら、シャツやくつ下のほころびは自分で縫う。それは「男子」の当然のたしなみでしょう。

「男子たるもの」という、わざと硬派な口調が絶妙である。世間一般の「日本男子」のイメージを愉快に突き崩す。男子は厨房に入らぬもの、もちろん針と糸とは一生無縁。男子とは衣食住にかかわらず、その使命仕事に邁進すべし。これが明治大正の常識である。その逆を唱える。

女性の家事能力にずるずる依存してはならぬ。優しいお母さんのよう、とつい迷い頼り、ひいては結婚してしまうではないか。家事能力を鍛えるべし。さすれば料理や裁縫をしてもらってついホロリとし、人生を女性に振りまわされる確率は低くなる。

女性読者はここでまあ失礼な、と腹を立てず、こんなに結婚を怖がる荷風を笑い飛ばしてみてください。とうじは結婚すれば男子は一家の家長ですから、社会や国家組織に組みこまれ、重いくびきがずっしりとかかる。結婚のリスクが現代よりずっと大きい。自由人の荷風はそれが絶対いやなのである。

しかも荷風はシングルの財産家なので、しきりに周囲から結婚をすすめられ、時には偏奇館に乗りこんでくる勇ましい女性もいたかもしれない。中には荷風をある種の金ヅルとする人物もいたであろう。間隙を突かれぬよう、家事にはげみ防御する、結婚恐怖症の四十八歳の荷風なのであった。

そうした事情もあるにせよ、生活者としての自立を同朋の男性たちに説く姿勢は、今の私たちにとってごく正論と思える。ユーモラスな笑いに包んで主張される、まことに先駆的な男子家事論、真の自立論である。

批評家の任務

批評について、という雑誌の問いに答えて明治四十二年、一九〇九年九月に「文章世界」に発表された文章。抄出をかかげる。

批評家の任務というものは、私《わたくし》の考えでは、頗《すこぶ》る重大なものであると思う。

（中略）

私の望むところは、批評家は飽くまで博《ひろ》く物を読んで、歴史を重んずる人であって、かつ飽くまで冷静な人であって欲しい。つまり作物《さくもつ》の価値というものは、後の時代までも長く読まるべき性質、生命があるか否かを見るのが第一である。例えばゾラの作物は、よし今日では修辞の方面だとか、主義に囚われていたことなどから、多少飽かれた形になるにしても、その次に来た時代の作物に動かすべからざる感化を与えたとすれば、つまりゾラの作物は、文芸の歴史上に永遠の生命があったものと見なければならない。

批評家は批評をもって専門的に立たねばならぬ。作家がおざなりに自身の好みと職人芸を反映して書けばいい、という程度のものではないと荷風は力づよく述べる。

文芸芸術への広い視野。すぐれた歴史眼。くわえて自身の好き嫌いにこだわらない客観性のある知性――批評家にはこれが必須である。もの書く人の片手間しごとではとても成し遂げられない。

作家作品にひそむ「永遠の生命」をつかみ出すことこそ、批評の真髄である。テーマが今の流行に沿っているか、文章がへたか上手かなどは実はどうでもいい。作品の深みに脈打ついのちの豊かな胎動が、未来の文学を生む。そこが大切だ。そのエネルギーを見抜くのが批評家の任務だ。

敬愛するフランス自然主義の作家、エミール・ゾラを引き合いに出しながら、荷風は迷いもよどみもなく批評家の本質を説く。書く人。作品。読者。そして深く未来を測る眼をもって読む批評家。この四拍子がそろった時に「作物の真生命」が花ひらき、未来の文学にいのちを継ぐ種子となる。

荷風が批評家にもとめるのは歴史家でも哲学者でもあることで、決然として高きを望む。ときに荷風は三十歳。批評家が学者として重きをおかれ尊重される伝統のあつい、フランスから帰ったばかりである。

文明一周年の辞

大正六年、一九一七年三月の「文明」に発表されたあいさつ文。抄出をかかげる。

　自然主義以降我が文学ひたすらその軌範《きはん》を近世北欧の作家に仰ぎしより、新進気鋭の作者にして滑稽諧謔《こっけいかいぎゃく》の何たるかを解するものはなはだ稀《まれ》なるに至る。彼らは伊太利亜《イタリア》歌劇中の人物の如く大《おおい》に笑ひ大に戯れ大に罵《ののし》るの快事を知らず。ただウエルテルの如く憂悶するにあらずんば詩客文人の資格を欠くものとなすに似たり。何ぞ図らんゲーテもまた時に祭日の農民の如く戯れ笑ふ事ありしを。

　吾人《ごじん》しばしば野卑醜陋《しゅうろう》なる現代社会の事相に接するや時に駄洒落まじりの戯文を弄《ろう》し以《もっ》ていささか溜飲を下げんと欲す。吾人の見識元より高からずその辞章またはなはだ拙《つたな》し。しかれどもこの如きの故を以てただちに吾人の態度を不真面目なりとなさんか。かのラブレエ、スカルロン一派の滑稽文学の如き果してこれを如何《いかん》とするものぞ。

（中略）

人相寄《あいよ》つて談ずるや必しも口角沫《あわ》を飛ばすを要せず。男児誰か平生一片の心なからんや。しかれどもそは寧《むし》ろ深く胸中に蔵して可なり。同志相逢うてただ笑談時の移るを忘るゝ事あるもまた何の妨げかあらん。娯《たのし》み笑ふものを看《み》て尽《ことごと》く愚人となさば、なすもの却《かえつ》て真に愚人たるの笑を免《まぬが》れざるべし。

後ろ盾のある大きい雑誌の編集はこりごり。小さい雑誌がいい。お金は自前、苦しいけれどパトロンに口を出されず自由にやれる。小さいっていいことだ。権威はないが、フットワークがとびきり軽い。少なくとも自分はそういうスタイルが好きだ。——これが荷風の出した結論である。

大正五年、三十七歳のときに慶應義塾大学教授を辞した。大学部文学科の看板雑誌「三田文学」の編集からも手を引いた。スタート時は鷗外先生への敬慕もあって一生けんめい身をけずって主幹をつとめたけれども、発禁など経るうちに大学当局の介入がうるさくて、いじめかとさえ思った。谷崎潤一郎をデビューさせもしたけれど、彼の小説の官能性にも大学はいい顔をしない。リスクを負わなくて、どうして新人発掘ができようか。

この人、つくづく組織の思想と反りが合わない。世間にいい顔する旦那づとめが嫌になった。自分の理想の文芸雑誌がつくりたくなった。「三田文学」にて相棒をつとめた出版社主・籾山仁三郎《もみやまじんざぶろう》や親友・井上啞々の協賛があり、辞任後ただちに小雑誌「文明」を結成した。それからめでたく一年がたつ。荷風、細身ながら胸を張り、文芸雑誌ひいては文学の理想を述べ、もって一周年の辞とする。

自然主義が隆盛をきわめ、何が何でも深刻とまじめがいいことになった。事実と貧困を書くことだけに価値があると思いこむ新進作家たちは、笑いやユーモアに背を向ける。しかし待たれよ。たとえばゲーテの青春小説『若きウエルテルの悩み』のみをもって、この大文学者の本質とするのはあまりに浅はか、勉強不足である。

ゲーテとて作品によっては、ドイツの田舎の祝祭で農民がおおいに楽しみ笑ったように、豪快な笑いを爆発させる。世相の醜さに鬱屈するとき、嘆き訴えるだけが手段ではない。冗談や皮肉で読者の笑いを誘いつつ、社会を批判するという系譜が文学には昔からある。

フランスのルネッサンス期に『ガルガンチュア物語』をものして大いに受けたラブレーもそうだ。彼は叡智にみちた修道士であり医者であり文学者である。あえて「滑稽文学」に手を染めた。巨人ガルガンチュアの凄まじい食欲や、あふれる糞尿のエピソードを通し、人間の権威や見栄を笑い飛ばした。十七世紀のフランス宮廷で重んじられた文人スカロンも、身体の障害に耐えつつ、おどけた道化にみずからを擬して人間社会を諷刺したのだ。

笑いと冗談と気の利いた皮肉を愛することは、決して当今の視野の狭い文学者の見下すべきことではない。歴史ある世界文学の伝統なのである。

人のつどう時、口に泡して批判し論議することはそう必要ではない。「男児」はだれでも心に思う信念や思考はある。むしろホンモノの「男児」はそれを胸の深くに秘め、友人知人と語らうときは穏やかに楽しく笑い、いざこれと思う折まで色には出さない。楽しむ人を見て能天気な愚か者と決めつける人間は、秘して語らぬ慎みのないおのれこそ、「愚人」と知るがよい。

「男児」や「男子」とは、荷風のとっておきの言葉である。ふだんは、軽いへなちょこ男の身ぶりをして人を煙に巻く。そしていざ胸の本懐を述べるとき、「男児」の凜たる色を身にまとう。彼の言う「男児」とは、江戸の教養ある淡々として穏やかな、しかし実はつねに覚悟ある武士のイメージに近いのだろう。荷風には、織田信長につらなる武士の血が流れる。まれに正面切って識見を述べる時、その血が騒ぐ。

猥褻独問答《わいせつひとりもんどう》

大正六年、一九一七年六月に「文明」に発表された随想文。二か所をかかげる。

○文学美術にして猥褻の嫌ひあるものはなはだ多し。恋愛を描ける小説、婦女の裸体を描ける絵画の類、悉《ことごと》くこれを排《しりぞ》くべきか。悉くこれを排けて可なり。善を喜ぶのあまり時に悪を憎む事はなはだしきに過ぐると、悪を憐《あわれ》みて遂に悪に染むと、その弊《へい》いづれか大なるや。猥褻に近きものを排くるは人をして危きに近よらしめざるなり。

○危きに近よらざるは好し。しかれども危を恐れて常に遠ざかる事のはなはだしきに過ぎんか。一度誤つて近《ちかづ》けばたちまち陥つて復《また》救ふ可《べ》からざるに至るの虞《おそれ》なからんか。厳に過ぐるの弊寛《かん》に流るゝの弊に比して決して小なりと云ふを得んや。

大正の御代となり、一挙にモダーン自由になったと思えば大違い。明治よりむしろ不自由になった面も多い。国家がえらそうなしかめっ面をし、それまで見逃してきた都市の闇を一掃しにかかってきた。江戸前の猥褻なあれこれも清掃。路地小路に入り組む私娼窟も清掃。

闇は面白いのに。闇は都会の華なのに――憤懣やるかたない荷風は、そういう時ほど駆使するおどけた調子で、うわべだけ清潔な顔をしたがる国民と国家に批判の矢をはなつ。独りで自由にいやらしいスケベエなこととは何か考えるんだから、誰も止めてくれるなという勢いで弁ずる。

荷風は若い頃に講釈に惚れこみ、通った。この随想文の漢文調は格調高いというより、明らかにべん、べん、べん、と手にもつ張り扇でリズムを取り、群衆を前に声高に説く講釈調である。一口に漢文調といっても、荷風は多様な使い分けをする。

猥褻は罪か？　そんなことを言えば文学美術作品は恋を描き、裸体を描く。文学美術はこれ全て猥褻なり。この世界はそもそも猥褻にみちている。裸体や欲情をけがわらしいと排斥するのは逆に危ない。一度はいやらしいことを経験した方が、安全に人生をすごせる。厳しく禁ずることは、寛大に許すことに優《まさ》らない。何でもかんでも禁止し罰すればいい、という国家のやり口は愚かしい。発想が硬直している。つまり実にあたまが悪い。

○世界中猥褻の恐れられたる我国の如くはなはだしきは稀なるべし。公設展覧会出品の裸体画は絵葉書とする事を禁ぜられ、心中情死の文字ある狂言の外題《げだい》は劇場に出す事を許さず。当路の有司衆庶のこれがために春情を催す事を慮《おもんぱか》るが故なり。さればこの如きの禁令は日本国民の世界中もつとも助兵衛《すけべえ》なる事を證するものならずや。忠君愛国は久しく日本国民の特徴なりここに又助兵衛の特徴を加へんか余りに特徴の多きに堪えざるの観あり。

このくだりの前段で荷風はきっぱり言う――「文明の人は淫する時もあれば必ず悟る」。ひとたび淫猥に溺れても、知ある人は必ずや浮き上がる。そうした方面は、人間それぞれの自助の力に任せるべし。極めてプライベートな人間の情欲に国家が口を出すべからず。

世界中の文明国で、これほど〈猥褻〉の表出におびえる国は我が日本だけであろう。展覧会の裸体画は絵ハガキにできないし、訳ありの恋にて心中するストーリーの演劇は広告が許されない。

こんなに戦々恐々とするということは、つまりは日本国民がそれほど手綱をきつく締めないと、いやらしい営みに狂奔するということだ。それほど日本人はスケベエということだ。天皇と国家に忠誠を尽くす「忠君愛国」は昔から日本人の特性。ここにいやらしい事に目がない「助兵衛」、エロ人間の特性を付け加えなければならない。

あっはっは、と自分も笑い、読者の笑いも誘う〈文明〉的なゆとりを忘れず、しかし荷風は人間の本能の情欲まで管理しようとする国家のばかの壁にそうとう憤激している。愚のさわみ、ヤボ、何たる泥臭さ。地団駄をふんでも、正論が権力組織に全く通らない。頭のいい人にとってこれは辛いだろうなあ。

人間の権利に鋭敏な荷風の良識は、ばかが巨大な壁をなす時代にあって、逆に過激に奇矯に見えることがある。この文章もそうした悲劇を匂わせる。笑いに包んで、むだかもしれないけれど人の自由をはばむ壁に向かい、言うべきことを言う気概が燃えさかる。

洋服論

大正五年、一九一六年八月・九月に自身のいとなむ小雑誌「文明」に発表された随筆。抄出をかかげる。

○日本人洋服の着始めは御維新前旧幕府仏蘭西《フランス》式歩兵の制服なるべし。その頃膝取マンテルなぞと云ひたる由《よし》。御維新となり岩倉公西洋視察の後《のち》文官の大礼服も出来上等の役人は洋服を着て馬に乗る事となりぬ。日本にて洋服は役人と軍人の表向きに着るものたる事今において猶《なほ》しかり。

○余《よ》が父は新銭座《しんせんざ》の福沢塾にて洋学を修め明治二年亜米利加《アメリカ》へ留学致し三四年にて帰朝官員になりし人にて一時はなか〳〵の西洋崇拝家なりしが如し。余の生れたる頃、（明治十二年）父は十畳の居間に椅子テーブル長椅子を据ゑ冬はストーブを焚きをられたり。役所より帰宅の後は洋服の上衣を脱ぎ海老色のスモーキングジヤケツトに着換へ英国風の大きなるパイプを啣《くわ》へて勉強してをられたり。雨の降る時なぞは靴の上に更に大きなる木製の底つけたる長靴はきて出勤せられたる事あり。余小供心に父上は不思議なる物あまた所持せらるゝ事よと思ひたる事度々《たびたび》なりき。

○わが家にてはその頃既にテーブルにて家庭風の西洋料理を食しゐたり。われ或年の夏父につれられ入谷《いりや》に朝貌《あさがお》見物の帰るさ始めて上野精養軒に赴《おもむ》きしに西洋料理を出したるを見世間にても我家の如く西洋料理を作るものあるにやとかへつて奇異の思ひをなしたる事ありけり。

○余が始めてお茶の水の幼稚園に行きける頃は世間一般に西洋崇拝熱はなはだ熾《さかん》にしてかの丸の内鹿鳴館にては夜会の催しあり女も洋服着て踊りたる程なり。されば余も幼稚園へは洋服着せられて通はされたり。これ余の始めて洋服なるもの着たる時なれど如何なる形のものなりしやよく記憶せず。小学校へ赴く頃には海軍服に半ズボンはきたる事たしかに覚えたり。襟《えり》より後《うしろ》は肩を蔽《おお》ふ程に広く折返したるカラーをつけ幅広きリボンを胸元にて蝶結にしたり。帽子は広き鍔《つば》ありて鉢巻のリボンをつけたり。ズボンは中学校に入り十五六歳になるまでも必ず半ズボンなりき。その頃一橋《ひとつばし》の中学校にては夙《つと》に制服の規則ありしかば上着だけは立襟のものを着たれど長ズボンは小供の着るものならずとて余はいつも半ズボンなりしかばこの事一校の名物となりて大勢のものより常に冷笑せられたり。頭髪も余は十二三歳頃まで西洋人の小供のやうに長く刈りてゐたり。さればこれも小学校にては人々の目につき易《やす》く異人の児とて皆々より笑はれゐたり。

○つい愚にもつかぬ懐旧談にのみ耽《ふけ》りて申訳なし。さて当今大正年間諸人の洋服姿を拝見していささか批評の筆を把《と》らんか。

○日露戦争この方十年来到るところ余の眼につくは軍人ともつかず学生ともつかぬ一種の制服姿なり。市中電車の雇人、鉄道院の役人、軍人使用の馬丁《ばてい》、銀行会社株式仲買の小使小供なぞこれらのもの殆《ほとん》ど学生と混同して一々その帽子又はボタンの徽章《きしよう》でも注意せざれば何が何やら区別しがたき有様なり。以前は立襟の制服は学生とのみきまりてゐたりしゆえ汚れ破れゐたりとて少しも可笑《おか》しからずかへつて物に頓着せぬ心掛殊勝に見えしが今日にては塵《ほこり》だらけの制服着て電車に乗ればどうしても切符売としか見えず学生の奢侈《しやし》になりしも道理なり。

○到るところ金ボタン立襟の制服目につくは世を挙げて陸軍かぶれの證拠なり。何となく独逸《ドイツ》国にあるやうな心持にて吾らにははなはだ閉口なる世の態と云ふの外《ほか》なし。

（中略）

○日本人は洋装しながら扇子を持ちてパチクリやる事誰しもこれを怪しむ者なきが如ししかれども西洋にては男子は夏冬ともに扇子を手にする事なし扇子は婦人の形容に持つ事ちやうど男子の杖を携《たずさえ》るに等し。されば婦人とても人前にてはあまりあふがずただ手にするばかりなり。当世の新聞記者人を訪問する時例の白立襟の制服姿にて頻《しきり》と扇子を動かし中には胸のボタンをはづし肌着メリヤスのシヤツを見せながら平気にて話込むものあり。礼を知らぬにも限りある事なり。

○我国にて扇は昔より男の持ちたるものなれど人前にてあふぐためにはあらず形を崩さゞるためにただ手にするのみ決して開くべきものにはあらざるべし。

○メリヤスのシヤツ（肌着）は当今日本人一般に用ふるところなり。日本人はホワイトシヤーツとメリヤスの肌着とを同じやうに心得てゐるやうなれど大変な間違なり。ホワイトシヤーツは譬《たと》へば婦人の長襦袢の如し。長襦袢には半襟をつける。ホワイトシヤーツには襟《カラー》をつける。

婦人長襦袢は衣服の袖口又は裾より現はれてもよきものなり。ホワイトシヤーツもその如し。メリヤス肌着に至つては褌《ふんどし》同様のものにて西洋にてはいかなる時にも決して人の目に触れしむべきものにあらず。米国人は夏暑き折なぞには上衣を脱しホワイトシヤーツ一ツになりてゐる事あれどこの場合にても決してメリヤス肌着は見えぬやうに注意するなり。ホワイトシヤーツの袖口高く巻上げて腕を露出させる時にもメリヤス肌着は見せぬなり。礼義なき米国人とて扇子は使用せず。

「洋服」とは「西洋」。おしゃれを人生のいのちと心得る三十七歳がつづる、日本近代の洋服受容史とその他の細やかなあれこれである。

日本初の洋装は、フランスに指導をあおいだ江戸幕府歩兵の制服であろう。さらに明治四年、岩倉具視を大使としてアメリカに出発した西洋使節団はもちろん、洋服をまとった。ここから洋服は役人と軍人の正装となる。

荷風は生まれながらにして洋服と縁がふかい。明治二年に渡米し、ヨーロッパ諸国の衛生事情を視察旅行した父は、日常的に洋服を着て洋食を摂るのを好んだ。中国趣味に没入する以前の若い頃は、家でも英国風ジャケットなどを着ていた。

母は英語教育を受けた鹿鳴館式のレディである。シチューやハンバーグをつくりケーキを焼き、たくみにコーヒーを淹れた。荷風はおさない頃に上野の精養軒に行ったとき、家でない所でも洋食をつくるのかと思ったほどである。荷風にとって洋食は母の味だった。

幼稚園から中学校まで洋服で通った。たしかに、下の弟とともに可愛い水兵服で撮った小学校時代の家族写真が残る。「長ズボン」は青年期より着るものと父は教え、十五歳をすぎても半ズボンで中学に通った。半ズボンの長髪すがたは、「異人の児」とあざけられた。

たしかにそれが英国の正式でも、軍国風の中学校でひとりジャケットの下に半ズボンをはく姿は、同級生の目に珍妙しごくに映ったであろう。笑われ、いじめられた。

ウソモノがホンモノを笑う。無知が有知を見下す。ちいさな頃から荷風はその地獄を体験した。心で舌を出しつつ痩せ我慢をつらぬいた。群れず、孤独のなかで個を育てた荷風の原点は、ひとつ親に着せられた半ズボンにあったのだ……！

ゆえに日本人一般の洋服のでたらめを語るに熱がこもる。洋服を個性的にまとう人より、会社はじめ組織につらなる制服として適当に着る人の多い風潮にも憤懣やるかたない。

荷風が明治初年を愛するのは、士族のまじめ一徹のなごりで、西洋を一心にごまかすことなく摂取しようとした志ゆえである。面倒をいとわずホンモノを手本とした。

しかし大正時代は小手先でずるい。夏の洋装もあまりにルール破りで笑える。一様に扇子を振り、暑いと平気でメリヤスシャツを見せる。シャツは下着。西洋では決して人に見せない。また男女ともに扇子は本来は身の飾りで、みずからに風を送り、涼むものではない。ちなみに西洋では男性は決して扇子をもたない。女性もあくまで身の飾りとこころえる。

以下、ズボンについて白シャツについて、帽子と杖とハンケチについてコートについて、荷風は「欧米」の正式なマナーをるる語る。人間の自由をしばる規則の一切をきらう彼であるが、おしゃれの規則は例外である。そこに詰まるしきたりやタブーを、華やかな社交生活のあかしとして楽しむ。実用的ではないハンケチや杖や扇子の存在を、純粋なおしゃれとして評価する。

無意味なものが好き、人間を飾る浮薄なものが好き。手間ひまかけてホンモノになろうとする意気が好き。たかが服とあなどるなかれ。ちいさなものを語るときほど、この作家の筆は高らかに誇り高く強くなる。

亜米利加《アメリカ》の思い出

大正十一年、一九二二年十月に雑誌「女性」に発表された随想文。末尾を抄出する。

次はワシントンの秋です。

ここでは私は、好い記憶を持っています。それは、思いだしても、なつかしくなります。ワシントンには、沢山樹木があります。三角楓《かえで》や、槲《かしわ》や、楡《にれ》などですが、それが沢山ありま す。何処を歩いていても、一面街路樹に飾られているので、全市公園を見るような思いがします。

ここは、午後の八時にならなければ、日が暮れません。そして、日の落ちていく時には、大空に漂いながれている雲の縁《ふち》が、かすかに薔薇色を見せてきます。また、草生《お》いしげる広い野面は、青い狭霧《さぎり》に鎖《とざ》された海原のようになってきます。この黄昏時《たそがれ》に、近くの牧場などへ行ってみますと、そのあたりに見られる建物や、樹木や、牛馬や、人間の影形など、口や筆につくせないある懐《なつか》しみをもって迫ってきます。

なおこのことも、『あめりか物語』中の、「林間」の中に、書いておいた積りです。

このワシントンから先は、アメリカも南と言われていますが、ここもやはり、ちょっと初秋らしいものがあるかと思うと、すぐ晩秋に移りかわっていきます。

＊

アメリカの秋には、一切虫というう虫のいないことは、今も言いましたが、同時にアメリカには、秋草と名づくべきほどのものも皆無です。日本のように、萩もなければ、昼顔、夕顔もありません。それから、あの黄蜀葵《おうしょくき》も見ることが出来ません。その点から言いますと、日本の秋は特別です。善いとか悪いとかいう問題は別として、全くアメリカなどとは違っています。

私の観るところ、日本の秋はいろいろな草花や、いろいろな虫がいて、それで持っているのです。

＊

今仮りに、日本から、蟋蟀《こおろぎ》だけを取りのぞくとしても、私には、はっきりと日本の秋を考えることが出来ないような気がします。萩について言っても同様だと思います。

これはずっと前の話ですが、私が上海《シャンハイ》へ行ったことがあります。その時、上海で見る女子供が、木犀《もくせい》や菊を頭へ差しているのに出会いました。私は、それらの花を通じて、いかにもよく支那とか、上海とかいうものを目にしたように思いました。それとこれとは、少し違いますが、しかし、この草木や鳥獣、ここにはそういった昆虫の有無が、どんなに国土の秋を装飾しているものか知れません。

かりに、今この東京の、芥溜《ごみた》めの隅や、板塀や生垣のあたりに咲いている昼顔や夕顔を取ったらどうでしょう。また、縁の下や、路次裏のほとりから洩れてくる蟋蟀の声を消してしまったらどうでしょう。私は、かなり日本の秋の感じが失われる事と思います。ところで悲しいのは、そうなるのも遠い事ではないような気のすることです。考えると寂しくなります。

意外であるが、大正期の女性文芸誌に荷風はけっこうモテている。先駆的に欧米滞在経験のあるアーティストとして、その文化的識見を求められている。ここは季節がら、アメリカの秋とはどんな風か、聞かれて答える企画なのであろう。モダンな女性たちの間でヨーロッパの優雅な文化はもとより、新しくアメリカの音楽や映画への関心がおおきく沸騰する時代となっている。

まずシアトル、セントルイス、ミシガン州のカラマズー、ペンシルベニア州のオークスバーグ、ニューヨーク、シカゴ、とアメリカの大都市のみならず田舎や山間部などいろいろな場所の滞在経験が語られる。荷風はフランスよりアメリカに長く暮らした。アメリカに濃い郷愁がある。

さいごはワシントンの秋のこと。樹木がゆたかに植えられ、都市公園のおもむきのあるワシントンはとくに慕わしい街だった。空をながれる雲、建物や人間のおぼろな影——たそがれの色や光の追懐が美しい。

ところで荷風の発見として、アメリカの秋には渡り鳥はいるけれど、虫がいない特色がある。はかない秋の草花もない。してみると、萩が風になびき、こおろぎが鳴く日本の秋はとくべつである。それらがなければ日本の秋はないも同然である。

しかし、むだな空間をどんどん殺してゆく都市開発の勢いは凄まじい。近いうちに秋の虫の音の絶える東京になるのではないか、と荷風は哀しむ。百年前のこの予感はまさに的中したと言えよう。

勲　章

昭和十七、一九四二年年末に書かれた短篇小説。かねて確たる主人公のモデルがいたので、わずか三日間で書き上げた。「軍服」と題して「中央公論」に発表の予定だったが中止となり、戦後の昭和二十一年一月の雑誌「新生」に「勲章」と改題して発表された。

三か所の抄出をかかげる。

寄席、芝居。何に限らず興行物の楽屋には舞台へ出る芸人や、舞台の裏で働いている人達を目あてにしてそれよりもまた更に果敢《はかな》い渡世をしているものが大勢出入をしている。

わたくしが日頃行き馴れた浅草公園六区の曲角に立っていたかのオペラ館の楽屋で、名も知らなければ、何処から来るともわからない丼飯屋の爺さんが、その達者であった時の最後の面影を写真にうつしてやった事があった。

爺さんはその時、写真なんてエものは一度もとって見たことがねえんだヨと、大層よろこんで、日頃の無愛想には似ず、幾度となく有りがとうを繰返したのであったが、それがその人の一生涯の恐らく最終の感激であった。写真の焼付ができ上った時には、爺さんは人知れず何処かで死んでいたらしかった。楽屋の人達はその事すら、わたくしに質問されて、初めて気がついたらしく思われたくらいであった。

大劇場より、小劇場。はなやかな舞台より、舞台裏。荷風の筆は裏へ裏へ、外れへ脇へと廻る。それが高じてこの小説では、小劇場のダンサーやバンドマンでさえなく、彼らのしごとに喰いついてささやかな暮らしを立てる、ある出前持ちの老人を主役とする。

地味なためか、あまり知られない。しかしいい作品である。けんめいに働きつづけ、戦争に翻弄され、食べるだけで精いっぱいの人生で終わった辛酸を、はばかりなく照らす。それなのに不思議に暖かい。

踊子はいつも大抵十四五人、破畳《やれだたみ》に敷き載せた破れた座布団の上に、裸体同様のレヴューの衣裳やら、楽屋着やら、湯上りの浴衣やら、思い〳〵のものに、わずか腰のあたりだけをかくしたばかり。誰が来ようが一向平気で、横になったり、仰向きになったり、胡坐《あぐら》をかいたりしている。四五人寄り添って額をつき合せながら、骨牌《かるた》を切っているものもあれば、乳呑児を膝の上にして、鏡に向って化粧をしているものもある。一人離れて余念なく附睫《つけまつげ》毛をこしらえたり、毛糸の編物をしているのもあれば、講談雑誌によみ耽《ふけ》っているのもある。

畳を敷かない板の間には、歩く余地さえないばかり、舞台ではく銀色のハイヒールやサンダルの、それも紐が切れたり底や踵の破れたりしたものが脱捨てられ、楽屋用の草履や上靴に交って、外ではくフェルト草履や、下駄足駄までが一つになって転がっている時がある。紙屑、南京豆、甘栗の殻に、果物の皮や竹の皮、巻煙草の吸殻は、その日当番の踊子の一人や二人が絶えず掃いても掃いても尽きない様子で、何もかも一所くたに踏みにじられたままに散らばっているのだ。

見渡すと、女の人数だけずらりと並んだ鏡台と鏡台との間からはわずかに漆喰の剝落ちた壁が現れていてその面《おもて》には後から後からと、重なって書き添えられたいたずら書のさまぐ〳〵。男女映画俳優の写真が横縦勝手放題にピンで留めてある。巻煙草の空箱をこれもピンで留めて、穂先のきれた化粧筆が二三本さしてある。レヴューの衣裳が何枚と知れず、重った上にもまた重ったままぶらさげられて、夏の盛りにも狭い窓の光線を遮っている。窓の戸のあいている時や、またその硝子板の割れ落ちている時には、ぶら下った衣裳のあいだから池の縁の木の梢と、池の向うの興行場の屋根とが見える……。

なじみの浅草六区、オペラ館。関係者以外は男子禁制の「踊子の部屋」へも、荷風だけは自由に入れた。著名な作家だからではない、六十歳ちかい自分は若い女性の群れのなかにいても安全な男だと思われていたのだと妙に胸を張り、荷風の分身すなわち「わたくし」は、世間の人にはもの珍しい踊子の大部屋に小説のカメラを向けてゆく。

ごちゃごちゃ。だらしなさの限りを尽くした部屋。畳から始まり座布団もガラス窓も、すべて破れ、こわれていない物はない。投げやりのその日暮らしの象徴だ。とともにそこはやはり劇場で、どくとくの華もある。

荷風の目はするどく細かい。舞台ではキラキラかがやいて観客の目を惑わすダンスシューズのひそかな破損はもちろん、ダンサーたちが待ちの時間に食べ散らかす果実やおかしのゴミまで見逃さない。これは俳句をよくする人の目だ。なるほど風俗をするどく捉える俳諧の目は、町の瞬間の詩情を撮るカメラの目に通ずる。

「よく御覧。みんな純綿だよ。公定だったら税金のつく品物だから。」

純綿の一声に、寝ている踊子も起直って、一斉に品物のまわりに寄集る騒ぎ。廊下を歩み過ぎる青年部の芸人の中には、前幕の化粧を洗いおとしたばかり。半身裸体のまゝの者まで入って来て、折重なった女の子の間に割込み、やすいの、高いのと、わい〳〵言っている最中である。赤ら顔の身体の大きい爺さんが一人、よごれきった岡持《おかもち》を重そうに、よち〳〵梯子段を上って来た。

するとハンカチの地合《じあい》を窓のあかりに透して見ていた踊子の一人が爺さんの姿を見るや否や、「おじさん、おそいねえ。あたい、ペコ〳〵だよ。」と叱りつけるような鋭い調子で言ったが、爺さんは別に返事もせず、やはり退儀そうな、のろまな手付で岡持の蓋をあけ、「お前のは何だっけ。蓮と蒟蒻《こんにゃく》に。今日はもうおこうこは無《ね》えんだよ。」と丼を一つ取出して渡した。

年は既に五十を越して、もう六十代になっているかも知れない。盲目縞《めくらじま》の股引《ももひき》をはき、じゞむさいメリヤスのシャツの上に背中で十文字になった腹掛をしているのが、窮屈そうに見えるくらい、いかにも頑丈な身体つきである。額と目尻に深い皺が刻み込まれた円顔には一杯油汗をかいていながら、禿頭《はげあたま》へ鉢巻をした古手拭を取って拭こうともせず、人の好さそうな細い目を絶えずぱちくりさせている。

わたくしが写真をとって大喜びに喜ばせてやった爺さんというのは、丼を持って来たこの出前持なのである。

じいさんは毎日、時刻を計って楽屋の人達の註文をきゝに来た後、それから又時刻を見はからって、丼と惣菜や香の物を盛った小皿に割箸を添え、ついぞ洗った事も磨いた事もないらしい、手のとれ掛かった岡持に入れて持運んで来るのである。年中めったに休んだ事はないそうだが、どこに家があるか、女房子供があるのか無いのか、そんな事は楽屋中誰一人知っているものはない。「鮫《さめ》やのおじさん。」と踊子達は呼んでいるが、丼飯をつくる仕出屋で鮫屋などという家は、六区の興行町にも、公園外の入谷町や千束町の裏路地にもないそうだ。一体このオペラ館のみならず、この土地の興行場へ出入をする食物屋《たべものや》には、その種類によってそれ〴〵顔のきいた親分のようなものがあって、営業権を占有しているという事なので、見たところ、この爺さんにはまだそんな権利がありそうにも思われないとすると、この年になっても、どこぞの親分に使われているその日ぐらしの出前持に過ぎないのであろう。惣菜付の丼一つの価は楽屋の様子から考えて二十銭より以上の筈はない。その幾割かを貰って、爺さんけ老後の余命をつないでいるのであろう。

鮫屋の爺さんは初めに註文された丼を二階の踊子と三階の青年部へ、一ツ一ツ配って歩く中《うち》、おくれて後から註文される物を又しても岡持へ入れよち〳〵と退儀らしい足取りで持運んで来る。その時分には初夏の長い日もそろ〳〵たそがれかけて、興行町の燈影がそこら中一帯に輝き初める頃になるのである。

二階の部屋の踊子は一しきり揃って一人残らず舞台へ出て行き、踊ったり跳ねたり歌ったり。そしてまた元のように鏡台の前の破畳の上に、つかれきった身体を投出したまゝ、この次は夜の部になるその日最終の舞台を待つのである。わたくしは踊子と共に舞台裏へ降りて、女達が揃って足を蹴上げる芸当を、背景の間から窺《のぞ》いて見ることもある。休んでいる芸人達と楽屋外の裏通へ出て、その辺に並んでいる射的屋の店先に立ち、景物の博多人形を射落して見たり。やがてそれにも飽きれば再び二階の踊子部屋へ立戻るのである。鮫屋の爺さんはこの間に岡持の持運びも二三度に及んだ後らしく、今は空《から》の丼や小皿をも片づけ終り、今日一日の仕事もやっとしまったという風で、耳朶《みみたぶ》にはさんだ巻煙草の吸さしを取って火をつけながら、見れば兵卒の衣裳をつけた青年部の役者と頻りに話をしていた。

「そうか。じゃ、おじさんも戦争に行ったことがあるんだね。何処へ行ったんだ。」

「今話したじゃねえか。日魯《にちろ》の大戦争よ。満洲じゃねえか。」と言って、爺さんは禿頭から滑り落ちそうになる鉢巻の手拭を締直したが、「えゝと。何年前だったろう。おれももう意久地《いくじ》がねえや。」

急に何やら思出したように溜息をつき、例の如く細い目をぱちくりさせながら、じっと兵卒の衣裳に鈍い視線を注いでいた。

「おじさん、いくつになるんだ。」

「うむ。あれアたしか。明治三十七年……て云うとむかしも昔、大むかしだ。」

一体こういう人達には平素静かに過去を思返して見るような機会も、また習慣もないのが当前なので、鮫屋の爺さんは人にきかれても即座には年数を数え戻すことができないらしい。煙草を一吹《ひとふき》して、

「あの時分にゃおれも元気だったぜ。」

掌《てのひら》で顔中の油汗を撫でたなり黙り込んでしまった。兵卒に扮した役者はその側に寝ころんでいる踊子の方へ寄りかゝりながら、

「おじさん、戦争へ行って、勲章、貰わなかったのか。」

「貰ったとも。貰わねえでどうなるものか。嘘じゃねえ。見せてやろうか。」

得意な力づよい調子が胸の底から押出された。

「持って来て見せてやろう。親方の家へ置いてある……。」

「おじさん。」と兵卒に寄掛かられた踊子は重そうにその男を押し退《の》け、「お見せよ。ねえ。おじさん。新ちゃんの衣裳を着て、勲章下げて御覧よ。」

「ふゝふゝ。おもしれエ。」

爺さんは妙な声を出して笑ったが、急に立上り、空丼を片づけた岡持の取手をつかんで、そのまゝ出て行った。

わたくしは踊子の中の誰彼にせがまれて、いつものように写真を取りはじめる。窓の外はも

う夜になっていたが、並んだ鏡台の前ごとに、一ツずつかなり明るい電燈がついているので写真を取るには都合がよい。

爺さんは果して岡持を持たず手ぶらでやって来た。さっき胡坐《あぐら》をかいていた処へどっさり腰をおとすが否や、腹掛の中から汚れた古ぎれに包んだものを摑《つか》み出したのは、勲章にちがいない。しかし話の相手になっていた役者は舞台の方へ降りて行った後で、廊下と階段には同じ兵卒や士官に扮した者達が上って来たり下りて行ったりしている最中。舞台では何か軍事劇の幕があいているところと見えて砲声と共に楽屋の裏まで煙硝の匂が漂い、軍歌の声も聞こえてくるのである。

踊子達は爺さんが取り出して見せる勲八等の瑞宝章と従軍徽章《きしよう》とを物珍らし気に寄ってたかって見ていたが、する中、衣裳の軍服へ勲章を縫いつけてやるから、一枚写真を取っておもらいと言出すものがあった。鮫屋の親爺が遂に腹掛をぬぎ、衣裳の軍服に軍帽をかぶり、小道具の銃剣までさげて、カメラの前に立つことになったのは、二十人近い踊子が一度に揃って、わい〳〵囃立てるその場の興味に浮されたためであろう。

爺さんは玉の汗をぽた〳〵滴《したた》しながら、今まで一度も口をきいたことのないわたくしに、幾度となく礼を言った。

踊子たちが舞台の出を待機する大部屋は、オペラ館の二階にある。女性のショッピング好きをねらって、そこにコスメや雑貨の行商人がやってくる。

中でもとりわけうだつの上がらないのが、通称「鮫やのおじさん」。注文でどんぶり飯を配達しに来る。いい年をして店をもてず、人に安くつかわれている。

このおじさんさえ若いころは日露戦争に駆り出され、満州で一兵卒として戦った。あかしの勲章をもっていると言う。ちょうど座では戦意発揚のために「軍事劇」をやっていて、踊子たちが面白がるので荷風の分身「わたくし」は、勲章をつけたおじさんのポートレートを撮ってやることとなる。

それだけのお話。カメラ好きの「わたくし」は自分で現像もする。おじさんの写真は案外よく撮れた。数日後に楽屋へもっていったが、鮫やのおじさんはそれっきり姿を見せない。

ときは盛夏。おじさんはふう、ふうといつも顔を真っ赤にして配達していた。階段もきつそうだった。脳溢血でたおれて急死したのではなかろうかと、年もさほど遠くない「わたくし」はひそかに憂うるが、舞台で働く若い人たちはもう、日々の忙しさにそんな安飯屋のおじさんがいたことさえ忘れてしまっている――。

あっけらかんと酷たらしい。「おじさん」なんかの代わりはいくらでもいる。思いつきで、おじさんをスターに仕立て上げた二十人ほどの踊子たちも、はしゃいで笑ったらそれっきり。

それが多くの下積みの人の生なのだ。はんぱな同情や嘆きなど、荷風はみずからに慎む。「軍服」と題して戦争中に発表しようとしたこの小品、取りやめになった。それもよくわかる。おじさんが踊子たちに寄ってたかって着せられたのは、折しも舞台で上演中の衣装の軍服。つまりウソの軍服。それに本物の勲章を、しかもよぼよぼの「爺さん」が付ける。

戦意発揚にはほど遠い。軍服を小バカにしている。戦争なんて戦争ごっこさ、大日本帝国の勇猛な兵士の実態はこうさ、とうそぶく荷風の皮肉があきらかに匂う。発表中止はむりもない。

しかし荷風、だんじて当の「おじさん」をばかにはしていない。これまでも荷風はこのんで老人を書いてきた。知識人階層の、鶴のように高雅に痩せた翁が多かった。

この鮫やはタイプがちがう。肉体派である。はげしい労働に耐えぬいたいい体をしている。しかしもう年貢の納めどきである。欠けた汚らしい出前箱をさげて「よちよち梯子段」をゆききする姿がいたましい。

現代だったら老後破綻である。しかし陰気でも憂鬱でもない。動けるだけ動き、生きるのみ。その生き方しか知らない。先を案ずることは知らない。

だれにも大切にされてこなかった市井の老人に、荷風はスポットライトを当てる。たぶん生涯で一度きり、老人は主役になった。みんなの気まぐれだけれど、おじさん凄い、と称賛を浴びた。すなおに喜び、笑った。

そのはかない幸せのポートレートを作品にした。作品のなかに永遠化した。ふしぎに暖かい色は、この荷風の志からにじむのであろう。

馬車馬のように一生を底辺労働についやして、尽くした家族にもばかにされる男の一生に光を当てた、モーパッサンの短篇小説をほうふつさせる。

それにしても荷風がつかう「おじさん」という呼び名の何といいことか。世にはじかれて生きる男の気の弱さと善良をぴったり言い当てる。

『断腸亭日乗』と戦争

荷風は大正六年九月十六日から実に亡くなる直前、昭和三十四年四月二十九日まで四十二年間、日記を書きつづけた。この日記を分身のように大切に思っていた。実物は大小さまざまの紙の冊子である。年数がながいので筆記道具も筆跡も変化している。ごく上等の和紙を用いたものが多い。蠟引きをした和紙は火災でも燃えないと言う。焼失の危険に目配りしていた。太平洋戦争中はいつでも持ち出せるように気を張っていた。

生きている間に次々に本になる作家のことばとはまた別種の、静謐に年月を重ねた荷風のことばの化身である。そして近代日本の貴重な歴史記録である。

ここではとくに昭和十二年から二十年の『断腸亭日乗』より選ぶ。つまり戦争下の荷風のことばを味わう。十二年七月七日に盧溝橋事件が起こり、日中戦争が始まる。後々まで荷風はこの事件を悔やんだ。これが日本列島を戦争に進ませる痛恨の端緒になったと考えた。荷風の意識ではこの年から、戦争が本格的に開始された。二十年三月十日に荷風は家を空襲で失った。それからは点々とさまよった。八月十五日に日本が敗れて戦争が終わった。

荷風はジュニアの頃から自由人だった。社会や国家の一員になるのが心底きらいだった。学校はもちろん家庭さえ、彼にはときに居るのがつらい組織そのものだった。人間の生きる歓喜を二の次とする道徳に、従属するのを拒否しつづけた。人生をかけて、何者にも支配されない人間として生きることを貫いた。

その荷風が、戦争という巨大な支配者にいかなる言葉を投げつけたか――。今まさに、そしていつも、おそらく絶望的に永遠に、人間は戦争をしたがる。教科書には戦争は悪い事だと書かれる。それは過去の人間のおろかな歴史であると説かれる。しかし戦争は消えない。怖いのは、あれっと思う間にするするとそれは正義の顔をして始まること。気がつくと穏やかで温厚であった人々がもろ手をあげて戦争に賛成していること。

戦いとは明らかに人間の本能なのだ。それを理性と知識で抑えるのも人間だ。踏みとどまり、一人だけ冷静であることは残酷なほどつらい。周りはどうあれ、自分のなかの良識を信ずることの見事な手本を、時代を超えて『断腸亭日乗』が示す。いったん戦争になれば自由な人は迫害される。国家一丸、国民一致のスローガンに乗らない人は徹底的に異色の一人ぼっちにされる。それでも決して節を曲げない荷風。自由の権利を歌うのに息が長い。しんぼうづよい。戦争下のこの人のことばに、私たちは真率に耳を傾けたい。

ここでは私のつたない解説文は最小限にとどめ、日本近代文学史上でおそらく最も自由でしなやかな文学者・荷風の自由と平和への愛あふれる金言をご紹介したい。漢文調なので初めはいささか読みづらいかもしれない。しかし書く人がただならぬ気迫をこめている。読む側も気迫である。書く側の気迫と読む側の気迫がぶつかる。こんな緊迫感ある作品はまれである。読まないのは人生の大損と、断言させていただく自信が当方にはある。

昭和十二年の『断腸亭日乗』より（抄録の場合は（抄）といたしました）

・七月初五。（抄）

〔欄外朱書〕北平附近にて日支両国の兵砲火を交ゆ

七月十七日。（抄）街頭には男女の学生白布を持ち行人に請ふて赤糸にて日の丸を縫はしむ。燕京出征軍に贈るなりと云ふ。いづこの国の風習を学ぶにや滑稽と云ふべし。

八月廿八日。（抄）夕刻家を出《い》で牛込神楽坂田原屋に晩餐を喫す。先年見知りたる給仕人なほ在り。銀座タイガアより来りしボーイも従前の如く働きをれり。出征の兵士を見送るもの彩旗提燈を手にし軍歌を唱ひて過ぐ。この夜ふけてより俄《にわか》に涼しくなりぬ。

・十月十二日。陰。午後微雨。岩波書店佐藤氏来書。晡下《ほか》銀座松坂屋古本展覧会に往《ゆ》く。天保十四年新吉原地図を獲《え》たり。浅草公園に飯してかへる。

輸入雑貨品追ゝ禁止のため品切となるにつき、銀座聖路加薬舗にて安全剃刀の刃英国製ペーアス石鹸米国製コルゲート歯磨等を購《あがな》ふ。このうち既にはやく品切となりしものもあり。

余《よ》はペーアス石鹼と、コルゲート歯磨とは西洋遊学中より今日に至るまで三十余年使ひ馴れたるなり。

十月十三日。午後広瀬女史来話。晡下土州橋病院より浅草に行く。驟雨《しゅうう》を松屋百貨店に避く。東武鉄道乗場は出征兵士見送人にて雑沓す。見送人の大半は酒気を帯び喧騒はなはだしく出征者の心を察するが如きものは殆《ほとん》どなきやに見ゆ。玉の井の知る家に少憩し松喜に飯して不二地下室に入る。安藤大和田空庵歌川の諸子に会ふ。銀座辺の住民中出征する者既に二百五十余名に達すと云ふ。

鼠《ねずみ》の話

台所に出る鼠にはそれぐ〵出没の道あり。流しの下より出るものは必ずその道によりて流しの下にかくれ、天井より出るものはその道を走りて天井に帰るものにて、互にその道を守りて冒し合ふことなしと云ふ 西銀座褄匠阿部君の談

十月十六日。（抄）亀戸駅に至るに日は早く暮れて燈火燦爛《けんらん》たり。三ノ輪行のバスに乗り環状線道路を過ぎて寺嶋町《てらじまちょう》の四辻に至る。歩みて玉の井に至るにまたもや降り来る雨の中を楽隊の音楽を先駆となし旗立てゝ歩み行く一群に逢ふ。路地の口々には娼婦四五人ヅヽ一団になりてこれを見送り万歳と呼ぶもあり。思ふに娼家の主人の徴集せられて戦地に赴くなるべし。去年の暮より余が知れる家に至りて様子をきくに、出征する者は二部何番地の家の息子にて見送り

の人〻は共に白鬚《しらひげ》神社まで往《ゆ》き社殿にて送別の式をなして帰るが例なりと云ふ。

・十一月初三。（抄）雨ふる。大日本中央文化連盟とやらいふ処より〔この間一行弱抹消。以下行間補〕公爵島津某なる者の名義をもつて〔以下補〕余を同処の評議員に任すべき辞令風の印刷物を郵送し来りたれば、即刻郵便にてこれを返送す。嗚呼《ああ》余が文筆を焚《た》くべき日も遠からざるべし。

・十二月廿九日。（抄）この日夕刊紙上に全国ダンシングホール明春四月限り閉止の令出《い》づ。目下踊子全国にて弐千余人ありと云ふ。この次はカフヱー禁止そのまた次は小説禁止の令出づるなるべし。可恐《おそるべし》〻〻

昭和十二年七月五日に荷風は日記の欄外に朱書きで、日本と中国が北京近くで戦いを始めたことを記す。日中戦争、ひいては太平洋戦争の発端である。

それまでは実にのどかな春だった。日記にはしきりに「快晴の天気」「春光洋〻」「春風駘蕩《たいとう》」と書かれる。この年はあたたかい春だったらしい。二月には新しく買った高級カメラを使いこなし、まずは男女の営みを秘かに撮影する遊びに夢中になった。次にはカメラを提げて東京散歩をするのを楽しんだ。やがて消える明治の洋館や寺社を撮った。むしろ関東大震災の東京におよぼす変化を気にしていた。

この年には愛する姪と母の死があった。悲しみがふかいほど、日記に荷風は感情は表わさない。

淡々と死去を記す。その代わり死者の墓への訪問があつい。かねて力を入れた長篇小説『濹東綺譚』も仕上がった。私家版もふくめた出版には苦労するものの、手ごたえを感じた。次の新しい挑戦にも意気ようようと着手する。こんどは若い頃からあこがれた樋口一葉にならい、ぜひ吉原を舞台にしたい。本格の遊廓物語を書きたい。そのために連日、吉原の一流遊廓で遊んだ。泊りもつづき、自宅の偏奇館は図書館で、吉原では第一流と名高い彦太楼がわが家のようなものだと気焔を吐いた。

そこへ日中戦争の火種がつき、十二年の後半には急に戦いの黒雲がひろがる。『断腸亭日乗』はその動きを、市井人そして遊び人の目でするどく捉える。

盧溝橋事件が起きてほどない初秋、九月四日に「池袋飲食店出征兵士送別会にて日夜多忙なりと云ふ」とある。兵士の出征がはじまった。しかし街は陰気どころか、飲食店はじめ内需が高まり、一種のお祭りさわぎを呈すると、荷風は苦々しく日本人の脳天気を見抜く。

その中にも険悪な空気はしのびよる。九月十三日、カメラを提げて芝の増上寺をあるく荷風を心ある僧が呼びとめ、今は「境内に兵士宿泊するがため」写真撮影が禁止されている、「憲兵に見咎《みとが》められ写真機を没収せられぬやう用心」せよと忠告してくれる。十月四日には或る人から聞いた話として、「戦地に於て出征の兵卒中には精神錯乱し戦争とは何ぞやなど譫言《たわごと》を発するものも少からず。それらの者は秘密に銃殺し表向は急病にかかり死亡せしものとなすなり」と記される。憲兵と軍部の力が急に強くなる世相への、市民の恐怖をあらわす巷談である。このたぐいの話を遊廓やレストラン、コーヒ店で荷風はよく耳を澄まして聞いている。庶民がささやく大切な情報として日記に記録するのが、家に帰還しての日課であった。

昭和十三年の『断腸亭日乗』より（抄録の場合は（抄）といたしました）

四月初三　日曜日。今春丸善書店に注文したる洋書悉《ことごと》く輸入不許可の趣《おもむき》丸善より通知あり。戦禍《せんか》憂ふべきなり。夜浅草オペラ館に至り声楽家増田晃久永井智子らと中西喫茶店に会合して拙作歌劇の事について胥議《しよぎ》す。この日西北の風強し。

七月十日。くもりて暑はなはだしからず。午後佐藤春夫君来話。読書一二時間。夜初更《しよこう》オペラ館に至り竹久好美と森永に飯す。この夜もふけわたるまで鬼灯市《ほおずきいち》にぎやかなれば踊子四五人と共に観音堂に賽《さい》し、ハトヤ喫茶店に憩《いこ》ふ。公園内外の飲食店夜十二時限り閉店の厳命下りし由《よし》。また百貨店その他中元売出しの広告を禁ぜられしと云ふ。いよ〳〵天保改革当時の如き世とはなれり。

八月九日。夜オペラ館楽屋に至る。踊子らと合羽橋《かつぱばし》通の蔦屋に一酌《いつしやく》す。時既に夜半三更を過ぐ。街上ネオンサインの光なきを以《もつ》て月光の青く冴えわたりて高き建物の半面を照らすさま、又街路樹の茂りのその影を路上に横たふさま頗《すこぶる》趣あり。〔この間一行強抹消。以下行間補〕ネオンサインの禁止は軍人悪政中の悪ならざるものと謂《い》ふべし〔以下補〕。

十月卅一日。暖気華氏七十度に昇る。雨しばしば来る。午後に起き旧著を訂正す。夜初更銀座に往《ゆ》き銀座食堂に飯す。街上には戦勝に酔へる民衆学生放歌横行す。食料品をあがなひて直《すぐ》にかへる。昨今の暖気に残蛩《ざんきよう》（こおろぎ）の声再び雨中にきこゆ。

この頃銀座街上を歩む時又は電車に乗る時著しく目立ちて見ゆることは、四十歳以下の日本人の顔立のいよ〳〵陰険になり、その態度のます〳〵倨傲《きよごう》になりしことなり。安洋服をきて中折帽眉深《まぶか》にかぶりしものはいづれも刑事の如くに見ゆ。しからざるものは新聞記者の如し。私立大学の制帽かぶれる書生の顔の田舎くさきは電車の車掌または円タク運転手と異るところなし。しからざるものは手におへぬ無頼漢なり。日本全国とまでは行かずとも、東京の良風俗は大正十二年の震災以後年々に滅び行きて今は全く影を留めざるに至りしなり。

・十一月七日。晴れて風暖かく地震《ふる》ふこと数次なり。楓葉《ふうよう》少しく霜に染む。夜八時尾張町竹葉亭《ちくようてい》に飯して後浅草に往《ゆ》く。オペラ館に立寄るにこの日表方にて綽名《あだな》金歯と云はるゝ暴漢と、楽屋頭取長沢の手下鵜沢《うざわ》といふものと喧嘩をなし引続きて楽屋中物騒《さわが》しくなれりと云ふ。声楽家増田来り当月半《なかば》頃名古屋にて独唱会を催すべければ是非にも同行せられたしと言ひ、これを辞するもなか〳〵聴かざる様子なれば、大いに当惑し逃るが如く楽屋を立出でたり。オペラ館楽屋裏もいろ〳〵の事情にてそろ〳〵逃避すべき時節とはなれり。深夜月色赤く風あたゝかなり。

十一月廿六日。晴。正午清元梅吉細君来話。来年春清元の雑誌を発行すべしといふ。晡下《ほか》浅草に往く。この夜より明後日朝まで燈火管制の令あり。踊子らと森永に飯して深夜にかへる。

・十一月廿七日。晴。大工昨日より二人来りて板塀の修繕をなす。今日も燈火を点ずること能《あた》はざれば晡刻《ほこく》家を出で浅草を過ぎて玉の井に至り見れば四顧《しこ》既に暗黒なり。改正道路は道幅ひろく折から人家の屋根に懸《かか》りたる五日月の光に照らされたれど、女供の住める路地の中は鼻をつままれてもわからぬばかり暗きが中に、あちこちの窓より漏るる薄桃色の灯影に、女の顔ばかり浮かみ出したり。玉の井の光景この夜ほどわが心を動かしたることは無し。七丁目なる知れる家に尋ね至り一時間あまり休みて後、歩みて白髯橋《しらひげばし》に至り、バスにて浅草公園に戻り森永にて夕飯を喫す。谷中生来り萱原君来りついで高竹久らの女優また来り会す。オペラ館の稽古を見て深夜に帰る。

樋口一葉の名作『たけくらべ』を追慕し、吉原の物語を書く野心はどうも潰《つい》えた。私娼の多い玉の井につづき、こんどは公娼の根城を描こうとしたのだが、一流どころで心ゆるして遊ぶのは楽しくても、書くためには玉の井がそうであったような、異郷に来ているという緊張感と身を削ぐスリルが、荷風には必要だったのかもしれない。

その代りに書き手としての本能が、時流から微妙にはずれた新たな異郷を見いだした。安手の娯楽演劇の生き残る浅草六区である。明治の演劇界を新鮮にかき回した浅草オペラの賑わいはすでに遠い。浅草オペラには大学生はじめ知識人が詰めかけた。昭和十年代にはその面影はない。これみよがしにネオンがぴかぴか光り、安価にちょっと楽しみたい庶民の憩いの場に変わった。そこが荷風の気に入った。

この年はほぼ浅草のオペラ館とそこで働く人々、とくに若いはつらつとした踊り子のことしか眼中にない。オペラ館のために作品も書いた。ほぼ毎夜のように踊り子を喫茶店にさそい、軽食をごちそうして帰りは自分の拾ったタクシーで乙女を家に送り届けてから、偏奇館に帰るという紳士ぶりである。

「踊子達はいづれも二十才前後にて人生のいかなる事にも潑剌たる興味を催し得るなり。青春妙齢の力ほど尊くしてまた強きものはなし」(四月二十四日)と、ほれぼれと記す。美しい、可憐な、かがやく乙女たちに出会って、この年に戦争への不満や批判は少ない。久しぶりに荷風のこころは豊かに充たされていた。安い劇場に独特の、客席からヤジを飛ばして舞台を活気づける仕事師、「ヤジ屋の大谷」なる人物に興味をもち、取材もしている。

しかしこの楽園にも、よぎなく戦争の影が落ちる。演目内容が規制されたり、劇中の歌に軍歌を入れよ、などの指導が入るようになった。いやな予感がしていた荷風であるが、とうとう著名な作家であることに目をつけられ、オペラ館ともども戦況応援に利用されそうな気配が生ずる。こういう雰囲気に荷風は敏感である。自由人としての気の張りと身構えがものを言う。すばやく撤退、撤退あるのみ。さもなければ軍国主義に絡め取られる。さっと愛するオペラ館からも逃げる覚悟を腹の中で決める。つねに身を潜め、事おこれば逃げて日かげに隠れる。そうやって荷風は戦争に加担することから徹底的に自らを守った。

昭和十四年の『断腸亭日乗』より（抄録の場合は（抄）といたしました）

二月十九日 日曜日 晴後に陰。風漸《ようや》く暖かなり。夜浅草に飯す。オペラ館演劇花と戦争と題する一幕憲兵隊より臨検に来り上場禁止せられし由《よし》 昨夜起りし事なり 浅草の踊子戦地へ慰問に赴き昔馴染の男の出征して戦地に在るものに邂逅《かいこう》するといふやうな筋なりと云ふ。

三月七日。雨昏暮《こんぼ》に至つて歇《や》む。銀座にて夕飯を喫することを好まざれば今宵も遠路をいとはず浅草に往《ゆ》く。森永にて偶然川合澄子に会ふ。また谷中生に会ひオペラ館踊子と共に飲む。公園花やしき近き中《うち》に開園の由。料理店聚楽の経営なり。芸人は毛利鶴岡などの出。谷中生と上野にてわかれ省線電車にてかへる。この頃夜半一時頃に至れば辻自働車殆《ほとん》どなく、たま〳〵有るも遠路を行く事を欲せず。市内の交通全く杜絶《とぜつ》するなり。これがためか吉原をはじめ遊廓待《ゆうかくまち》合《あい》には泊客《とまりきやく》はなはだ多しと云ふ。世の有様一帯に明治四十年頃のむかしに立戻りしが如し。

・五月十日。快晴。薫風《くんぷう》習々たり。午前読書。午後掃庭焚葉。晡下《ほか》銀座より浅草に至り松喜に飯して九時頃家にかへる。この頃町の辻〻に日独伊軍事同盟のビラ政党解散を宣言するビラ貼り出さる。

六月十六日。晴。洋書輸入禁止となりてより新刊の書を見ること能《あた》はざれば、やむことを得ず室内の書架をさぐりて曾《かつ》て一読せし書巻の中、大半忘れ果てしものを取りて再読することゝなせり。今日は Duranty : La cause du Beau Guillaume とい ふ小説をよむ。この作者はプロスペル、メリメーの庶子なりと云ふ。

六月十九日。晴。午後猪場君来話。その先考は号を暘谷といひたる書家にしてまた篆刻《てんこく》をよくしたり。その家に雁皮紙《がんぴし》一〆ほど残りゐたりしを、猪場君製本師にたのみて手帳十冊ほどに仕立てさせ、わざ〳〵携へ来りて余《よ》に贈られたり。雁皮紙手帳は数年前まで東京中にて日本橋の榛原《はいばら》紙店のみこれをつくりゐたりしが、今は職人もなく買ふ客もなくなりしとて作らずなりしなり。猪場君の贈られたる手帳一冊の紙数二百枚ほどなり。一年の日記に一冊を要すとすればまさに十年分は有るわけなり。余年今六十一歳なり。猪場氏贈るところの手帳十巻を費し尽すの時まで生き得るものにや。覚束《おぼつか》なし。

六月廿一日。晴。午後写真現像。燈刻七時出《い》でゝ銀座松喜に飯し芝公園を歩みて帰る。頃日世の噂によれば軍部政府は婦女のちゞらし髪《パーマネントウエーフ》を禁じ男子学生の頭髪を五分刈のいが栗にせしむる法令を発したりと云ふ。〔以下一行強切取。以下欄外補〕林荒木らの怪し気なる髯《ひげ》の始末はいかにするかと笑ふものもありと云ふ〔以下補〕

六月廿八日。陰。〔抄〕この日浅草辺《あたり》にて人の噂をきくに、純金強制買上のため掛りの役人二三日前より戸別調査に取かゝりし由。入谷町辺も同様なりと云ふ。〔この間四行弱切取。以下欄外補〕一寸八分純金の観音様は如何《いかが》するにや、名古屋城の金の鯱《シヤチホコ》も如何と〔以下補〕言ふものもありとぞ。

〔欄外朱書〕純金強制買上

六月三十日。陰。燈刻谷中氏の電話にうながされ浅草公園森永に至る。谷中氏の談に昨日警察署の刑事オペラ館楽屋に来り、楽屋頭取に向ひオペラ館楽屋に出入する人物の如何《いかん》を質問して去りし由。その中には自然貴兄《きけい》の事も話に出でしに相違なければ御用心しかるべしとなり。この日午前市兵衛町ゝ会の男来り金品申告書を置きて去る。余が手許には今のところ金製の物品無し。先考の形見なりし金時計の類は数年前築地の歯科医酒泉氏に託して既に売払ひたり。今は煙管《キセル》一本と煙管筒の口金《くちがね》に金を用ひしものゝ残れるのみ。浅草への道すがらこれを携へ行き吾妻橋の上より水中に投棄せしに、そのまま沈まず引汐《ひきしお》に泛《うか》びて流れ行きぬ。烟管筒《きせるづつ》には蒔絵にて、行春の茶屋に忘れしきせるかな荷風としるしたれば、これを拾ひ取りしもの万一余が所有物なりしことを心づきはせぬかと何とはなく気味悪き心地なり。

七月初一〔抄〕旧五月十五日 くもりて蒸暑し。手箱の中にしまひ置きし煙草入金具の裏坐に金を用ひしものあるに心付き、袋よりこれを剝ぎ取りて五六個紙につゝみたり。思ひ返せば大正三四年の頃袋物を好み煙草入紙入などあまた作りしことありき。表の金具《かなぐ》はもとより金《きん》ぴかの物を忌み、素赤《すあか》また四分一銀などを選みしがその裏座の周囲には幅輪とか称して十八金を用ひしものなきにあらず。故にこれを剝取《はぎと》り紙に包み晩間再び吾妻橋の上より浅草川の水に投げ棄てたり。むざ／＼役人の手に渡して些少の銭を獲んよりはむしろ捨去るに若《し》かず。拾取りしものゝこれを政府に売りて銭に換《かえ》るはその人の思ひのまゝなり。

七月十日。くもりて風涼し。朝早く土州橋に至り丸の内を過《よぎ》りてかへる。町の辻〻到る処に排英演説会の立札を見る。文久年間横浜焼打のころの世に似たり。

・七月廿一日。東南の風吹きつゞきて暑さ少しく忍び易ければ、昼過二時頃より出でゝ市中の景況を看る。この日禁燈防空訓練の第三日目にて昼の中《うち》より街上殊《こと》に物騒しければなり。電車に乗るに溜池四辻にて停車すること十五分あまり、虎の門に至るにまた停車するのみならず、乗客も運転手も共に車より降りて路傍に避難すべしと云ふ。地下鉄道に乗りて芝口より更に転じて浅草に至る。川風いよ／＼涼し。玉の井に行きて見るに、広小路大通には女供七八人づゝ一団になり、いづれも手拭をかぶり、肌着一枚、袴《モンペ》、足袋はだしにて水まく用意をなせり。六丁目角に狸屋《まみや》といふ薬屋あり。この店の若き女房、年頃二十六七、鼻高く色白の細面《ほそおもて》、このあたりにて名高き美人なるが、薄化粧して手拭かぶり、ボイルの肌襦袢《じゆばん》一枚に乳のふくらみもあらはなる姿、殊に今日は人の目を牽《ひ》きたり。

七月廿三日　日曜日。晴。涼風秋の如し。晩間芝口の千成屋に飯す。街頭の立札さまぐ＼なるが中に「国論強硬で大勝利しろ」と云ふが如きものあり。語勢の野卑《やひ》陋劣《ろうれつ》なること円タク運転手の喧嘩に似たり。空かきくもりて夕立来るべき様子なれば田村町より電車に乗る。車内に貼りたる化粧品の広告に、挙国注視断乎‼　汗物《かんぶつ》を撃殺《げきさつ》せよとかきたり。滑稽却《かえつ》て愛すべし。

・八月廿二日。(抄) 午後驟雨《しゆうう》雷鳴あり。空の霽《は》るゝを待ち土州橋に至り鼎亭《あがたてい》に夕飯を喫す。日英会談不調となりてより株相場暴落せりと云ふ。

・八月廿八日。晴。正午丸ノ内に用事あり。帰途歩みて銀座に往く。途《みち》すがら、有楽町省線停留場を過ぐ。こゝは日本劇場の裏手なるを幸ひ恋の出会をなす男女幾組もあり。掲示用の黒板に日劇地階の食堂でお待ちしてますと走り書きする女もあり。商店の売子にあらざれば喫茶店の女給らしき洋装のもの多し。〔この間三行弱切取〕停車場前の路上には新聞の売子大勢号外を配布せんとしつゝあり。平沼内閣倒れて阿部内閣成立中なりと云ふ。これは独逸《ドイツ》国が突然露国と盟約を結びしがためなりと云ふ。通行の若き女らは新聞の号外などに振返るもの一人もなし。夜浅草オペラ館に行きて見るに一昨日までヒトラーに扮して軍歌を唱ふ場面ありしが、昨夜警察署よりこれを差留めたりとの事なり。〔以下六行弱切取〕

八月廿九日。晴れて風涼し。夜漫歩新橋和泉屋にて林檎を購《あがな》ふ。銀座通人出おびたゞし旧七月十五夜の月よし。街の辻〻に立てられし英国排撃の札いつの間にやら取除けられたり。日独伊軍事同盟即時断行せよ又は香港を封鎖せよなど書きしものその種類七八様もありしが皆片付けられたり。これと共にソ連を撃てといふ対露の立札もまた影をひそめたり。〔この間二行弱切取〕たり。人の噂によれば東京市役所の門に下げられたる反英市民同盟本部とかきし木の札も既に見えずと云ふ。

・九月初二。午後平井君来る。閑話昏暮に至る。共に出で、数寄屋橋にて別れ、有楽町停車場にて一昨日約束せし女に逢ふ。共に銀座を歩み芝口の安飲屋千成に飯す。帰途明月皎然《こうぜん》たり。この日新聞紙独波両国開戦の記事を掲ぐ。ショーパンとシエンキイツツの祖国に勝利の光栄あれかし。

九月念三（二十三日）。（抄）時〻驟雨沛然《はいぜん》。午後に至り風また吹出でしが夕刻に至りて霽《は》れたり。銀座のモナミに夕食を喫す。バタ及《および》チース品切なりとてこれを用ひざれば料理無味殆ど口にしがたし。この二品は日本政府これを米国に送り小麦及鉄材を買ふなりと云ふ。東京市内いづこの西洋料理も今年三四月頃よりバタの代りに化学製の油を用うるがため腸胃を害する者多しといふ。

十月初四。半陰半晴。庭の高樹に始めて百舌《もず》の声をきく。例年なれば晩秋の旦《あした》百舌の声をきくは勇しく快きものなれど、乱世にこれを聞けば、平和なりし波蘭土《ポーランド》の田園に突如として轟《とどろ》きわたるナチス軍隊の喇叭《らっぱ》の如く思はれて覚えず耳を掩《おお》ひたき心地するなり。夜花村に夕飯を喫し宝来屋に食料品を購ひてかへる。

十月十八日。晴。新寒脉脉《えいえい》たり。火鉢を掃除して始て炭火を置く。本年は石炭欠乏のためガスの使用制限せらるべしとの風説あり。夕刊の新聞紙英仏聯合軍戦ひ利あらざる由を報ず。憂愁禁ずべからず。夜日本橋に飯して浅草公園の森永茶店に至る。常磐座《ときわざ》楽天地の踊子群をなして来るに逢ふ。共に仲店《なかみせ》を歩む。踊子の一群婦人用装飾品を陳列せし店頭を過る毎に立止りて物品を手に取りて品評して飽くことなし。余若かりし時吉原の雛妓《おしやく》を引連れ仲店を歩み花簪《はなかんざし》買ひたりし頃の事を思ひ起して、露時雨《つゆしぐれ》の一際《ひときわ》身にしむが如き心地せざるを得ず。世は移りわれは老ひ風俗は一変したれど、東京の町娘の浮きたる心のみむかしに変らず。これまた我をして一味の哀愁を催さしむ。入谷町に住める女二人をその家の近くまで送りて後、上野に出で省線電車にてかへる。

十月廿四日。陰。ガス会社の男来りガスの使用量前年より二割方節減すべしとて、一覧表の如きものを示して去れり。又今日より二十九日夜まで禁燈の令あり。日くれて空くもりしが雲の間より月の光さして街は薄くあかるし。銀座食堂に夕餉《ゆうげ》を喫し歩みてかへる。ネオンサインの毒〻しき燈火なければ街上物静にて漫歩に適す。

十月廿六日。けふも雨ふりつゞきて歇まず。晩間雨の晴れ間を窺ひ芝口に至り食料品を購ふ。電車の運転一時間あまり中止と云ふに、歩みて虎之門を過ぐ。空はくもりたれど薄明るきこと黎明《れいめい》の如く、街上車なく人影なく粛然《しゅくぜん》として夢の如し。食料品を小脇に抱へ傘を杖にして巡査又在郷軍人等に見咎められはせぬかとおそる〳〵並木の陰を歩むさま、我ながら哀れなり。我が身はさながら征伏せられたる他国人の世を忍びて生きつゝあるが如し。深更大いに雨ふる。

十月廿八日。今宵も月よければ地下鉄道にて浅草に至り、しばし吾妻橋の欄干に身をよせて河の景色を見るに、岸につながれし荷船《にぶね》と岸の上の人家におぼろ気なる燈影流れの面《おもて》に反映する力もなく、提灯の灯を見るが如し。折から上潮の寄せ来る流れの面に月の光の動き砕くるさま金龍山下金龍横と云ひし南畝《なんぼ》が句も思出され、墨堤《ぼくてい》のむかし今更のやうになつかしく思ひ返されたり。オペラ館楽屋に少憩してかへる。

十月廿九日。暮方くもりしが夜に入りて月また冴えわたりぬ。防空演習も今夜にて終ると云ふ。この数日間はラヂオの唄も騒がしからず車の響も聞えず、折〻警笛砲声《けいてきほうせい》の聞こゆるのみにて、寂然として静まり返りたる市街の有様何とはなく三四十年むかしの世の中のさま思出されてなつかしき心地したりき。浅草にて夕餉を喫し家に帰りて後孤燈《ことう》の下に日記の副本をつくる。昭和七年までの日記は去年平井君その副本をつくりくれたればその後をうつしをかむと思へるなり。

十一月十八日。晴。晡下土州橋の医院に往く。冬季ホルモン注射をはじむ。院長のはなしによれば薬品も追ゝ欠乏するもの多くなりたり。アスピリン重曹の如きもの既に無しと云ふ。銀座を過ぎて早く家にかへる。

十一月十九日 日曜日 陰。晡下散歩。浅草に往く。森永にて偶然菅原氏夫妻に逢ふ。歌劇カルメン、トスカ、アイダの如きもの上演禁止になりしと云ふ。

・十一月三十日。晴。昼頃炭屋の男来り炭いよ〳〵品切となりたれば炭団練炭《たどんれんたん》を炭にまぜてお使なされたしとて炭俵と共にそれらの物を運び来れり。炭は土釜炭にて一俵の公定値段弐円四十銭なりと云ふ。さらば一俵につき運搬賃として別に壱円を加へて支払ふべし。それ故年内に二三俵さがして持ち来るべし。いづれも現金にて買ふべしと云ふに、炭屋よろこびその値段ならば二三日中に差上げますとて帰りぬ。

十二月初一 旧十月二十一日 晴。終日家に在り。世の噂をきくに日本の全国にわたり本日より白米禁止となる由。わが家の米櫃《こめびつ》には幸にして白米の残りあり。今年中は白米を食ふことを得べし。
〔欄外朱書〕露軍芬蘭土《フインランド》に入る
〔欄外朱書〕精白米ヲ禁ズ

十二月七日。陰。人の噂に犬は米を喰ふものなるが故に軍用犬を除き全国の飼犬を殺せば幾十万石の米を節約し得べしとて、既に八王子辺にては警察署が先に立ちて犬殺しを始めたりとの事なり。この風潮にては浅草観音堂の鳩も命危し。夜花村に夕餉を食するになほ白米を使用せり。オペラ館楽屋を訪《おとな》ふ。館主田代と女優西川千代美との艶聞に楽屋中噂とり〴〵なり。森永喫茶店に少憩す。この店にても白米を出せり。

この年の前半はまだ、のどかだった。戦争は庶民の生活にさして近くはなかった。タクシーが午前一時になると来なくなり、遊びの帰り道が大変になったことや、ネオンが暗くなったことを書きはするものの、窮屈になったのは夜の娯楽世界にかかわることで、いまだ悲壮感はない。荷風の日記も五月までは調子が変わらない。
天下国家の動きにわれ関せず、という淡々とした筆致をたもつ。成島柳北を読んだり、孤独と散策をすすめるルソーの随筆『寂しき散歩の夢想』のページをひらいたりして暮らす。相変わらずオペラ館の若い踊り子たちと遊ぶ。五月の浅草三社祭のにぎわいを嬉しそうにながめる。しかしそれでも極寒の二月末には麻布の小道で追剝に出会い、あわてて表通りに逃げて「乱世」を実感しているのだ。

日記の空気は六月からあきらかに変わる。ナチスのひきいるドイツ軍部が台頭し、世界を支配し始めた。日本はドイツ・イタリアと同盟を組んだ。とともに東京でも「軍部政府」がのし歩く。市民の生活におおいに口を出す。ここまで来ると荷風は冷静ではいられない。ときに熱く批判し、苦々しく罵倒する筆を走らせる。

強制的な金の買い上げが六月にはじまった。誰がどれほど金を所有するか調べることを理由に、一種の戸籍管理が行われる。じぶんを把握され管理されること――自由人の荷風は、これが個人の国家への隷属につながることを察知する。近代国家において所有の自由が侵されるとはあり得ない、と父の代からの銀行家家族としても腹が立つ。

荷風自身は、わずかな金しか持たないという。江戸趣味にこった時にあつらえた煙管とそのカバーにほんの少し、金がつかってある。それでも軍に渡してなるかと、吾妻橋の上から川にほうり投げる。投げた後で、あ、煙管カバーには自身の俳句と名前を書いてあった、拾った人に密告などされないかしらと恐怖する。怒ったり恐れたり、乱調でストレスが生ずる。

なにか昔も憤ることがあり、川に原稿を流したことがあったのではないか、荷風。抵抗するとき、えいっと川に投げてしまう。川は秘かにその心を受けとめてくれる。反抗し鬱屈する荷風のかたわらには、いつの時代も川が寄りそう。

いやらしい金の買い上げや、女性のパーマネント禁止令は、ふつうの生活を戦争が大きく破壊するほんの一歩だった。七月末には大がかりな灯火管制が実施される。九月には電力不足が起きる。

同月にドイツ軍がポーランドに開戦を宣告した。日本とドイツの同盟など荷風の眼中にはない。すばらしい音楽家ショパンや、キリスト教歴史小説『クォ・ヴァディス』を書いた作家シェンキェヴィチを生んだ偉大なポーランドよ、永遠なれと応援する。

荷風はふかく音楽を愛する。オペラやピアノ、尺八や三味線などの楽器のかなでる音はもちろん、和傘に春雨のふる音、台所でこおろぎの鳴く声、乾いた木の橋を下駄の渡る音など、小さく繊細な暮らしの音も愛して生きてきた。これも戦争で変わった。

愛らしい小さな音はどんどんかき消され、出征兵をお祭りさわぎで見送る楽隊の音や軍歌がにぎやかに奏でられる。そこここの家でラジオが国家を歌い、国民団結を大声で叫ぶ。猛々しい支配的な音が東京にひびく。美しい音を愛する荷風は絶望する。

庭にくる小鳥の声も愛していた。季節のうぐいすや鳩の鳴き音に耳を澄ました。それも荷風の暮らしをいろどる詩だった。しかしこの年の秋には、庭の百舌の声にいちじるしい嫌悪をしめす。晩秋のかわいた空気にひびく高くするどい百舌の鳴き声。決してきらいではなかった。ああ、秋も深まったなと聞き入った。しかしあの甲高い声が、まるでポーランドに攻め入る「ナチス軍隊」の進軍ラッパのように聞こえる。いやだ、聞きたくない、と耳をおおう。

この頃から荷風は「隣家」のラジオの音に異様に神経をさかだてる。しばしば日記に嫌悪を書く。この癖は戦後までつづく。これが一つの原因となり、荷風はあたたかく自身を家に迎え入れてくれ、偏奇館を失って漂流する文学者を応援してくれた人々とも暮らせない。はげしく仲たがいする。あまりにも生活音に逆上する奇人、変人とまわりから腰を引かれた。

これは戦争ノイローゼの一種が残ったのであろう。日記を通して読むと理解できる。軍歌。楽隊。軍人のどなり声。ラジオから流れる戦況報告の声。ポスターやビラのことばも命令調できつい。街中に大きないばった音声があふれる。いやだ、いやだいやだ、と耳をふさいで荷風は耐えた。生来するどい聴覚に深い傷がついた。

そんな荷風を唯一なぐさめてくれるのが、いつの時代もおしゃれをして胸に未来へのあこがれを抱く乙女の可憐であった。十月なかば、露時雨がしっとりと冷たく街をぬらす季節に、店頭にわずかに並ぶおしゃれ用品を見て浮き立つ浅草の踊り子たちの姿にほっとする。ずっと昔、吉原の芸妓見習いの少女を連れて、浅草仲見世で花かんざしを買ってあげた思い出があたたかく蘇る。女性のおしゃれは荷風にとって、たいせつな平和の象徴なのだ。

日本という国家や日本人というカタマリは、荷風にとって全く意味がない。本当にふしぎな人である。根っから自然にそんな殻を脱ぎ、いわば日本に敵対するイギリス・フランス連合軍の活躍を期待する。ナチスを憎む。連合軍の旗色が悪いと、しゅんとする。

自身でもつぶやくように、世界戦争に多くの人が熱狂して突貫する日本の中でひっそりと、「他国人」として生きたのが荷風である。

昭和十五年の『断腸亭日乗』より（抄録の場合は（抄）といたしました）

正月初一。晴。北風吹きて寒し。夜菅原明朗永井智子来話。一昨三十日夜上野停車場にて、旅客の押寄せ来るさま物すごかりしかば、駅員怪我人の出でん事を慮《おもんぱか》り改札口を遮断し乗客をプラトフォームに入れしめず、これがため青森及び新潟行列車は空車のまゝ出発したりと云ふ。この事新聞紙上には見えざりしと云ふ。

〔欄外墨書〕旧十一月念二

一月七日。晴れてあたゝかなり。薄暮門を出でむとするに細雨道を潤すを見る。尾張町三越にて葡萄酒を購《あがな》はむとするに舶来品は拾円以上となりたれば、和製一壜金弐円を購ふ。石鹼歯磨等いよ〳〵和製のみとなれり。わが家には英国製シヤボンなほ十個位はあるべし。酒類もキユイラツソオ、ブランデイ、オリイブ油など各一壜ウーロン茶は三四斤位のたくはへあり。

一月八日。晴。風はげしく塵烟濛ゝ《じんえんもうもう》たり。昼飯の時昨日購ひたる和製葡萄酒をこゝろみるに稀薄水の如く滋味更になし。壜の形とレツテルの色のみ舶来品に似たるも可笑《おか》し。午後物買ひにと銀座に行く。煙草屋にもマツチなき店次第に多くなれり。飲食店にて食事の際煙草の火を命ずる時給仕人マッチをすりて煙草に火をつけ、マッチの箱はおのれのポケットに入れて立去るなり。

一月十八日。陰。夜浅草に在り。谷中氏及び常磐座踊子らと森永に飯す。帰途田村町にて電車乗換の際線路につまづき倒れてヅボンの膝を破る。老脚あはれむべし。むかし蜀山人《しよくさんじん》神田橋にてつまづきし時の狂歌を思出でゝ、

しのぶてふ辰巳《たつみ》の里も知らぬ身は
　うしと見し世ぞ更にかなしき
すりむきし膝は畳の上ならで
　石につまづく老のさか道

二月十三日。雨やまず。庭の残雪消えて跡なし。晡下《ほか》日本橋三越に至り新着の洋書を見る。楼内減燈のため薄暗くなりて呉服物の色合など殆《ほとんど》見分けがたし。去年の冬ころには雨ふらぬため電力欠乏するが如く人ゝ噂せしが、雪もふり雨もふりても電力はいよ〳〵欠乏し、人家の軒燈も今はつけざる処多くなりたり。〔以下三行強切取。以下欄外補〕町の噂に市内電力の不足は軍器工場にて電力濫用の結果なればやがて電車も運転せぬやうになるべしと云ふ〔以上補〕

三月初三日日曜日晴れてあたゝかなり。午後物買ひにと銀座を歩む。春の日のうら〳〵と照りわた

る町を眺むるにわかき男女身だしなみの悪《あ》しくなりしこと著しく目立つやうになりぬ。東京従来の美風、小ぎれい、小ざつぱりしたる都会の風俗は、〔この間約十字切取。以下行間補〕紀元二千六百年に至り〔以上補〕て全くほろび失せたり。

四月十四日　日曜日雨午後に歇《や》む。米屋の男昨日注文せし米一袋の外《ほか》に小袋を持ち来り外国米二割をまぜて売る規則なれど内〻にて別〻になしをきたれば巡査ら来りし時はそのお心にて御返事ありたしと云ふ。外国米はシャムの産なる由。色は白けれど粒小《ちい》さく細長きこと鼠の糞《ふん》の如し。余《よ》日本に生れて六十余年外国米を掌中《しょうちゅう》に取りてこれを凝視せしは今日がはじめてなり。

•五月十六日。晴。南風烈し。午後日高氏来話。夜ひとり浅草に至りて飯す。余は日本の新聞の欧洲戦争に関する報道は英仏側電報記事を読むのみにて、独逸よりの報道〔この間約八字切取。以下行間補〕又日本人の所論は〔以上補〕一切これを目にせざるなり。今日の如き余が身に取りては列国の興亡と世界の趨勢とはたとへこれを知り得たりとするも何の益するところもなくまた為《な》すべきこともなし。余はただ胸《むね》の奥深く日夜仏蘭西軍の勝利を祈願して止まざるのみ。ジヤンダルクは意外なる時忽然《こつぜん》として出現すべし。

五月十八日。晴。全集編纂のため旧作を通読す。前日もこれがため徹宵《てつしょう》眠ること能《あた》はざりき。晡下《ほか》物買はんとて銀座に往《ゆ》く。号外売《ごうがいうり》欧洲戦争独軍大捷《だいしょう》を報ず。仏都巴里《パリ》陥落の日近しと云ふ。

余自ら慰めむとするも慰むること能はざるものあり。晩餐もこれがために全く味なし。燈刻悄然《しょうぜん》として家にかへる。

六月十四日。晴。植木屋来りて庭を掃《はら》ふ。巴里陥落の号外出でたり。晡下《ほか》土州橋に至る。

〔欄外朱書〕巴里落城

七月四日。晴。溽暑《じょくしょ》室内にて華氏八十四五度なり。隣家の木槿《むくげ》盛に花のひらくを見る。木槿は立秋のころ花多く開くものなるべきに今年は梅雨無かりしためか、石榴《ざくろ》夾竹桃《きようちくとう》合歓花《ねむのはな》の如き晩夏の花皆開くこと早し。当月一日より戸口調査あり。町会より配布し来りし紙片に男女供《とも》身分その他の事を明記して返送するなり。これを怠るものには食料品配給の切符を下附《かふ》せずと云ふ。日蔭の世渡りするものには不便この上なき世となりしなり。この事につき久しくその所在を知らざりし昔馴染《むかしなじみ》の女一人ならず二人までも電話をかけ来り、唯今《ただいま》さるところのアパートに住み相変らずの世わたりをなしをれど、戸口調査にて困りをります。表面だけ先生のお妾《めかけ》といふ事にして届出《とどけい》でたく思へどお差つかへなきやと言ふなり。これに答へて、お妾を二人も三人も抱へてゐる事が役人に知れると税務署から税を取りに来る故それは都合よろしからず、それよりは目下就職口をさがしてゐるやうに言ひこしらへて置くがよしと体《てい》よくことわりたり。晩涼を待ちて浅草に行く。踊子達と笑ひさゞめきて物くらふ楽しさ世のさまの変り行くにつれていよ〱尽きぬ心地するなり。

七月十二日。雨。岩波書店勘定左の如し。

一珊瑚集　第二刷四回　弐千部　金四拾円也

一雪解　第二刷八回　弐千部　金四拾円也

〆金八拾円也

午後平井君来る。共に土州橋に至り日本橋の花村に飯して浅草に往く。オペラ館舞台稽古を看て翌朝の三時に至る。溽暑はなはだしく家に帰るも眠り難きを知り稽古場に雑談して夜のあくるを待ちたりしなり。しかるに稽古は案外早く終り踊子芸人達も皆かへり去りたれば平井谷中の二氏と共に花川戸松屋百貨店の軒下または隅田公園の腰掛に、折〻降来る小雨を傘のかげに避《よ》けながら徐《おもむろ》に夏の夜の明け行くを待ちたり。吾妻橋〻上の燈火一斉に消ゆるを見し時、遥に電車の響のきこゑ初めて一人二人歩行の人影も見え初めぬ。隅田川の水の濁りて臭気はなはだしきこと夜明けは殊に堪へ難きばかりなり。電車に乗り上野に至り揚出《あげだ》しに朝飯を食す。豆腐料理その他すべてむかしの如し。東京在来の煮物の味付今はこの店の外《ほか》には日本橋の花村くらゐなるべし。不忍池《しのばずのいけ》の蓮花既に満開なり。土用前に蓮花の満開を見ること既に不思議なるに、なほそれのみならず、蓮の花もはなはだ小《ちいさ》くその葉もまた小さく茎も細くして水上わづかに二尺ほどの高さなり。むかしよりこの池に在りし蓮にはあらざるべし。時勢の変化草木に及ぶ。恐るべく悲しむべし。

・七月十七日。晴。南風吹きつゞきて溽暑はなはだし。午後日高氏来話。平井の来るを待ちしが来たらず。燈刻自炊の際蕃茄《トマト》を切りオリーブ油を調味す。壜の貼紙にその産地 Grasse, Alpes Maritimes, France の名を見る。この地も今は仏蘭西の領土に非《あ》らざるべきを思ひ胸ふさがる心地しぬ。

・八月初二。午後より溽暑はなはだし。日の暮るゝころ湖畔の揚出しに豆腐料理を食す。豆腐百珍など云ふ書の刊行せられしむかしを思へば夢のごとし。湖水かはきて藕花《ぐうか》雑草の間に開けるを見る。街上にて偶然踊子ミミイといふ少女に逢ふ。昨朝大坂より帰り来り新橋演舞場に出勤するなりと云ふ。昨日銀座通を五六人にて歩みゐたりし時ナヽ子とかいへる踊子街頭愛国婦人連より印刷物を貰ひたりとて更に恐るゝ様子もなし。広告の引札《ひきふだ》でも貰ひたるが如き様子なり。下愚と上智とは移らずと言ひし古人の言も思出されてをかし。あたかもこの日の夕刊紙にジヤズ音楽やがて禁止せらるべしとの記事も出でたる際なれば、ミミイの悠然たる態度殊にをかしく覚えたり。雷門にてわかれオペラ館に至る。菅原氏夫妻の来るに逢ふ。

十月初三。小雨ふりては歇む。夜も燈火なければ門を出でず。旧約聖書仏蘭西近世語訳本を読む。日本人排外思想の由《よ》つて来るところを究めむと欲するのみならず、余は耶蘇《ヤソ》教および仏教が今日に至るまで果していかなる程度まで日本島国人種の思想生活を教化し得たるものありしやを知らむと欲する心起りしが故なり。余は今日に至るまで殆《ほとんど》聖書を開きたることなかりき。今俄《にわか》にこの事あるは何のためぞ。〔この間一行弱切取〕べし。

十月初四。快晴の空雲翳なし。無数の蜻蜓《とんぼ》落花の如し。終日旧約聖書をよむ。唐玄弉《げんじよう》の西遊記をよむが如き興味あり。黄昏の微光消え失せぬ中に急ぎ芝口の金兵衛に至り夕餉を喫す。帰途暗夜の空を仰ぐに満天星の光うつくしく宵の明星の殊にひかり輝くを見たり。

十月廿六日。晴。午後土州橋の医院に行く。秋来血圧平安なりと云ふ。帰途日本橋の花村に飯す。魚類の相場制限せられてよりこの老舗の飲食物も極めて無味となりかつまた女中も次第に去りて代るものなく、料理人の女房家の娘など女中に代りて給仕をなすさま商売はどうなつてもかまはないと言はぬばかり。店に活気といふものなし。遠からず閉店するつもりかと思はる。日本橋あたり街頭の光景も今はひつそりとして何の活気もなく半年前の景気は夢の如くなり。六時前後群集の混雑は依然として変りなけれど、男女の服装地味と云ふよりはぢゝむさくなりたり。女は化粧せず身じまひを怠りはなはだしく粗暴になりたり。空暗くなるも燈火少ければ街上は暗淡として家路をいそぐ男女、また電車に争ひ乗らむとする群集の雑沓、何とはなく避難民の群を見るが如き思ひあらしむ。法令の嵐にもまれ靡《なび》く民草《たみくさ》とはこれなるべし。

十二月十三日。晴れて好き日なれば午後庭に出でゝ今年の落葉残りなく掃き寄せて焚きぬ。暮《くれ》方《がた》土州橋に至り銀座に飯す。芝口の菓子屋の店先に人ゝ列をつくりたるを何事かと立寄り見るに、金鍔《きんつば》焼くを買はむとするなり。女のみならで厳《いかめ》しき髯《ひげ》生やせし男もあり。この頃はこゝのみならず玉木屋の店、不二屋の店、青柳、筑紫堂など食物売る家の店先はいづこも雑沓することはなはだし。餓鬼道《がきどう》の浅間しさを見るが如し。町の角〻には年賀状を廃せよ、国債を買へ、健全なる娯楽をつくれなど勝手放題出放題の事かきたる立札を出したり。電車バスともに混雑して乗ること難し。

十二月卅一日。晴。昏暮《こんぼ》土州橋かきがら町を過《よぎ》り芝口の金兵衛に至りて飯す。主人仙台より取寄せたる餅なりとて数片を饋《すすめ》らる。蓋《けだ》しこの年の暮は白米のみならず玉子煮豆昆布〆その他新春の食物手に入り難ければなり。来年は鶏肉牛肉等も不足となるべしと云ふ。十一時過家にかへる。そこら取片づけて寝に就かむとする時、風俄に吹出で除夜の鐘鳴り出しぬ。Régnier の Sujets et Paysages をよむ。今年は思がけぬ事ばかり多かりし年なりき。米屋炭屋、菓子など商ふもの又金物木綿などの問屋すべて手堅き商人は商売行立ちがたく先祖代〻の家倉を売りしものも少からざるに、雑誌発行人芝居興行師の如き水商売をなすもの一人として口腹を肥やさゞるはなし。石が浮んで木の葉の沈むが如し。世態人情のすさみ行くに従ひ人の心の奥底、別に見届けむともせざるにおのづから鏡に照して見るが如き思をなせしこと幾度なるを知らず。この度の変乱にて戊辰《ぼしん》の革命の真相も始めて洞察《どうさつ》し得たるが如き心地せり。これを要するに世の中はつまらなきものなり。名声富貴は浮雲よりもはかなきものなる事を身にしみぐ〳〵と思ひ知りたるに過ぎず。花下一杯の酒に陶然として駄句の一ツも吟ずる余裕あらばこれ人間の世の至

楽なるべし。弥次喜多《やじきた》の如く人生の道を行くべし。宿屋に泊り下女に戯れて恥をかゝさるゝも
何のとがむる所かあらむ。人間年老《ふ》れば誰しも品行はよくなるものなり。

ひとり暮らしの荷風のお正月の光景は毎年どくとくだ。まあ実家もそうであったが、黒豆やお雑煮などのいわゆるお節料理はいっさい食さない。父母のいた実家ではその代わりに中華のお菓子やくだものが並んだ。

偏奇館での荷風はまさに寝正月である。梅の花をもって父の墓参りにゆくのは大切な行事だったが、この年は行っていない。その代わりに正月二日には浅草から玉の井をぶらぶら歩いた。

新年から電車の乗り換えでころんだりして、冴えない出だしであった。しかし線路に膝をしたたか打ってズボンが破れた瞬間、敬愛する江戸の戯作者の蜀山人がやはり橋でころんだ故事を思い出し、蜀山人にならって、そのみじめな失態を詩として歌うのは立派である。戦争下、荷風の思考はますます過去の江戸芸術に濃く結びつき、苦難でよろめく自身をユーモラスに客観化する。戦いに狂奔する波の中にあえて孤立する荷風のなみはずれた知的冷静は、江戸俳諧や戯作小説でつちかったユーモアにささえられる面が大きい。

四月から白米が不足する。近所の米屋と荷風はなかよしだ。ふだんから心づけをたっぷり弾んでいるらしい。シングルの暮らしは非常時に弱い。ささえあう家族がいない分、荷風は備えをおさおさ怠らない。お金の力でどうにかできることは、どうにかする。人の情けを当てにしない。その代わりに経済力を後ろ盾に自助努力をする。

ほんとうは政府のお達しで白米に二割の外米を混ぜて売らねばならないところ、お得意の荷風がそれを嫌うことを米屋はこころえて、和の米とシャムの米を別々にして持ってくる。ほう、シャムの米……！　荷風は大げさに目をみはる。生涯で「外国米」を手のひらに置いてつくづく見るのは初めて、と皮肉を言う。ねずみの糞のよう、と言いたい放題である。

腸の弱い荷風は、腹痛をおこして葛湯とお粥のお世話になることがしばしばだった。固い外米しか手に入らなくなることは死活問題である。ちなみに荷風の末弟の威三郎は農学博士で、柳田國男とも親しい稲作研究者、すなわち米の専門家である。日本の米の栽培地をアジアに展開する活動などにも尽力した。まさに世に役立たない虚学をあえて好む兄と鮮やかに一対の、実学まっしぐらの弟である。

五月十六日は心よりフランス軍の勝利を願い、今の世にもジャンヌダルクよ現われよ、フランスを危機より救え、と祈る。それも空しく、同月十八日の日記ではパリ陥落の日も近いとのうわさを聞き伝え、ご飯もよく喉をとおらず「悄然」とうなだれる。五月末にはベルギー国王がドイツ軍に降下した。ヨーロッパをナチスの黒雲がおおう。

荷風の日常は西洋の製品にささえられていた。カミソリの刃はイギリス製。ワインやブランデーはフランス。せっけんも歯みがきも西洋のもの。ウーロン茶も家に欠かさない。しだいにそれらは無くなる。大切にとっておいたオリーブ油が一びん、ある。七月の夕方にトマトを刻んでオリーブ油をかけて夏のサラダをつくっていた荷風、ふと油びんのラベルを見ると南フランスのグラース製、とある。フランス語で地名が記されるけれど、もうここはフランスの領土ではない、ドイツに侵略されたのだと涙がにじむ。

八月に入ると、みんなが今まで大好きでスチャラカスチャラカ、と男も女も腰をふって陽気に踊っていたジャズ音楽も禁止になるという。街には「愛国婦人連」が立ち、戦時意識の低いおしゃれな女性を見つけては、ぜいたくは敵と書いたビラを渡してにらむ。しかし派手な衣装をまとうのが飯の種である「踊子」たちは険しい顔でビラを渡されても、何これ、くじ引きでもくれたの、という態度で少しもたじろがない。裸身ひとつで食っている乙女はこうした際、まことに豪胆である、ご立派である、と改めて荷風は踊子たちを尊敬する。

十月三、四日の日記も印象的である。夜が真っ暗になるので、さすがの荷風も「哺下《ほか》」にふらりと家を出て、浅草などに遊びにゆくことがなくなった。哺下、とは『断腸亭日乗』によく出てくる時を表わす古風なことばである。午後四時ころを意味する。

十月になると自炊の夕食でがまんする。食料品入手のために街へ出かけるのは「哺下」ではなく、「午後」「薄暮」に代わる。電気がつかない。暗くなる前に帰らねばならぬ。電車も本数が減ったので、人々と争って乗らねばならない。出かけると今までになく疲れる。

夜長を家でひとり過ごす荷風は、旧約聖書を読むことにする。しかもフランス語版である。戦下にフランス語の聖書を読みふけっていた人なんて、日本中に荷風ひとりではなかろうか。ほんとうに日本のなかの「他国人」だ。

荷風はこの戦争で大きな日本人の謎を感じた。日本という島国は今まで外国の影響を多大に受けてきた。まず仏教。そして近代に入ってからはキリスト教。とくに国を指導する知識人層にクリスチャンは多かった。じぶんの母方の祖母は率先して洗礼を受けた。母もクリスチャン、すぐ下の弟は牧師。父も洗礼こそ受けなかったが、妻の信仰になびき、キリスト教に親しかった。

このように日本人は異国の神と文化を受け入れて成長してきた。それなのになぜ、眠れる獅子のように時に激しく「排外思想」が目ざめるのか——？　この由来をいかにしても「究め」ねばならぬ。そのためには今「日本」が戦うイギリスやアメリカ人のこころの柱、聖書のことを知らねばならぬ。

根源的な問いである。荷風は初めて真摯に聖書を手に取る。意外である。クリスチャンの一族に囲まれながら、すぐ下の愛する弟は敬虔な牧師でありながら、六十一歳にして初めて荷風は聖書をひらく。面白い。とくに旧約聖書はまるで中学生のときに読んだ冒険ものがたり『西遊記』にも似て、すこぶる面白い！　戦争が荷風に聖書をひらかせた。家族がキリスト教に染まるので、逆に自分だけ不まじめなみそっかす、との思いで聖書にそっぽを向いてきた荷風であったが、聖書は道徳の匂いより、まず面白い物語として秋の夜長に荷風を夢中にさせた。

この年の十月の記述は各日の量が長い。日の暮れが早くなり、夜の外出もままならず、孤独な暗い時間がふえたゆえに日記を書くことが読書とともに、たいせつな慰めとなった模様である。それでもたまさか、夕方に外出することはある。食料不足の折柄、家の備蓄を減らすのは不安である。なじみの店で夕食を摂るために出かける。

街の若者の服装がひどくなったと思う。若い男女がおしゃれをしなくなったら国も終わりだと思う。電車にわれ先に乗りこむ東京人の身ぶりや顔も荒れてきた。家を無くした民のようだ。人の世の荒廃がめだつ。

外出から帰った荷風はすぐ家には入らない。寒い季節でも必ず門のところで足をとめ、空をあおぐ習慣がある。すてきな習慣である。人の世はみにくく戦うとも、空のうつくしさは変わらない。冷えゆく空気のなかで満天の星が空いっぱいに光る。荷風の愛する宵の明星がひときわ輝く。永遠のはるかな光の美しさを胸に、荷風は家のかぎを開けて孤独の時間に帰還する。

昭和十六年の『断腸亭日乗』より（抄録の場合は（抄）といたしました）

正月一日旧十二月四日風なく晴れてあたゝかなり。炭もガスも乏しければ湯婆子《ゆたんぽ》を抱き寝床の中に一日をおくりぬ。昼は昨夜金兵衛の主人より貰ひたる餅を焼き夕は麺麭《パン》と林檎《りんご》とに飢をしのぐ。思へば四畳半の女中部屋に自炊のくらしをなしてより早くも四年の歳月を過したり。始めは物好きにてなせし事なれど去年の秋ごろより軍人政府の専横一層はなはだしく世の中遂に一変せし今日になりて見れば、むさくるしく又不便なる自炊の生活その折〻の感慨に適応し今はなかなか改めがたきまで嬉しき心地のせらるゝ事多くなり行けり。時雨《しぐれ》ふる夕、古下駄のゆるみし鼻緒切れはせぬかと気遣ひながら崖道づたひ谷町の横町に行き葱《ねぎ》醤油など買うて帰る折など、何とも言へぬ思のすることあり。哀愁の美感に酔ふことあり。この如き心の自由空想の自由のみはいかに暴悪なる政府の権力とてもこれを束縛すること能《あた》はず。人の命のあるかぎり自由は滅びざるなり。

一月初二。晴。午後銀座より浅草に行く。家に在る時は炭の入用多くなればなり。浅草公園の人出物すごきばかりなり。駒形辺《あたり》また田原町辺より人波を打ちたり。赤十字の白き自働車二三台警笛を鳴らして飛び行くを見る。浅草にかぎらず今年市中の人出去年よりもはなはだしきがごとし。東京の住民は正月のみならず何か事あれば全家外に出で遊び歩くものと見えたり。これ近年の風俗なり。その原因は何なるや。地方人の移住するもの多きが故とのみ断定する事もまた当らざるが如し。

一月初四。終日吹き荒れたる北風日暮に歇《や》む。菅原君より電話あり。銀座に飯して浅草に行く。永井智子安東氏と共に来るに逢ふ。一同オペラ館に至る。館主《かんしゆ》田代氏来り本年三ケ日は非常の大入にて毎日三千人以上の観客ありしと、毛皮襟付の外套をきて頗《すこぶる》得意の様子なりき。

一月十三日。寒気漸《ようや》く厳しくなりぬ。昏暮《こんぼ》南総子と共に芝口の牛肉屋今朝に飯す。米不足なりとて一人の客は門口にて断りて入れず、また七時頃より米飯の代りに饂飩《うどん》を出すなり。余《よ》は去年の夏頃より女中に浅草興行物の切符または祝儀をやりゐたれば断られし事もなく、また必ず米飯を持来れり。いつの世になりても金が物言ふことばかり更にかはりなきこそうたてき限りと云ふべけれ。帰途寒月皎〻《こうこう》たり。

一月廿五日。暮方より空くもりて風俄《にわか》にさむし。やがて雪ならん歟《か》。人の噂にこの頃東京市中いづこの家にても米屋に米すくなく、一度に五升より多くは売らぬゆゑ人数多き家にては毎日のやうに米屋に米買ひに行く由なり。パンもまた朝の中一二時間にていづこの店も売切れとなり、饂飩も同じく手に入りがたしと云ふ。政府はこの窮状にも係らず独逸の手先となり米国と砲火を交へむとす。笑ふべくまた憂ふべきなり。白米不足の原因はこれを独逸に輸出するためなりと云ふ。独逸人は白米をかしぎ、へうはく糊となし麻布製の飛行機の翼に塗るなりと云ふ。日本の漆《うるし》も大砲の玉を塗る時は湿気の露を防ぐとてこれも独逸へ送らるること夥《おびただ》しきものなりと云ふ。

一月念八（二十八日）。夕方物買ひにと銀座行くに春近き冬の空なほ暮れやらず尾張町あたりの人出、祭日の午後の如し。街頭宣伝の立札このごろは南進とやら太平洋政策とやらいふ文字を用ひ出したり。支那は思ふやうに行かぬ故今度は馬来人《マレー》を征伏せむとする心ならんか。彼方《あちら》をあらし此方《こちら》をかぢり台処中あらし廻る老鼠の悪戯にも似たらずや。

二月初四。立春晴れてよき日なり。薄暮浅草に往きオペラ館踊子らと森永に夕餉を食す。楽屋に至るに朝鮮の踊子一座ありて日本の流行唄《はやりうた》をうたふ。声がらに一種の哀愁あり。朝鮮語にて朝鮮の民謡うたはせなば嘸《さ》ぞよかるべしと思ひてその由を告げしに、公開の場所にて朝鮮語を用ひまた民謡を歌ふことは厳禁せられゐると答へさして憤慨する様子もなし。余は言ひがたき悲痛の感に打たれざるを得ざりき。かの国の王は東京に幽閉せられて再びその国にかへるの機会なく、その国民は祖先伝来の言語歌謡を禁止せらる。悲しむべきの限りにあらずや。余は日本人の海外発展に対して歓喜の情を催すこと能《あた》はず。寧《むし》ろ嫌悪と恐怖とを感じてやまざるなり。余曾《かつ》て米国に在りし時米国人はキューバ島の民のその国の言語を使用しその民謡を歌ふことを禁ぜざりし事を聞きぬ。余は自由の国に永遠の勝利と光栄との在らむことを願ふものなり。

三月十三日。くもりて風なし。来客を避けんとて午後門を出《い》でしがさし当り行くべきところも無ければ、ふと思出づるがまゝ三田台町の済海寺を尋ね見たり。維新前仏蘭西《フランス》公使の駐在せし寺なればなり。魚籃坂《ぎょらんざか》上の道を左に曲りたる右側に在り。石塀に石の門あり。堂宇は新しきものにて門牆《もんしょう》と同じく一顧《いっこ》の値もなけれど、墓地より裏手の崖には老樹鬱蒼《うっそう》として茂りたるに、眼下には三田八幡かと思はるる朱塗の神社より高輪の町を望み、なほ品川湾をも眺め得るなり。墓地には久松松平家累世《るいせい》の墓石多く立ちたり。来路を歩むに妙庄山薬王寺の門前に来りたれば墓地に入りて大沼竹渓《おおぬまちくけい》の墓を掃《はら》ひて香花を手向けたり。本堂の階前に一株の垂糸梅《しだれうめ》今を盛りと花咲きたり。魚籃坂を下り久しく行きて見ざりし物徂徠《ぶっそらい》の墓を豊岡町の長松寺に尋ねたり。二十年前慶應義塾に勤務せしころ折ゝこの寺の門前を過ぎ石段の上に見事なる松の老樹ありしを見しが、今は枯れてその切株を残すのみなり。聖坂《ひじりざか》下より斜に三田四国町通に出る道路取ひろげられたり。タキシを倩《やと》ひ、土州橋に至り浅草公園に行きし時日暮れとなりたれば、米作に入りて夕飯を喫し、オペラ館楽屋を訪ふ。偶然永井智子菅原明朗と共に来るに遇ふ。帰途春雨霏ゝ《ひひ》。

三月廿六日。晴。午後庭に草花を蒔く。燈刻六時過午夢よりさめて銀座を歩み芝口の金兵衛に夕餉を喫す。沖電気社の歌川氏に逢ふ。春風暖かなるに従つて銀座通の人出日に増しはなはだしくなれり。芝居活動小屋飲食店の繁昌また従つて盛なりと云ふ。その原因はインフレ景気に依るのみにあらず、東京の人口去年あたりより一個月に二三万人ヅヽ増加するに係はらず、米穀不足のため町に出でゝ物喰はむとするもの激増せしがためならむと云ふ。飯米は四月六日より男一人一日分二合半の割当にて切符制実施に及ぶと云ふ。

・四月十一日。晴れて日の光たちまち夏めきたり。黄昏食料品を購《あがな》はむとて銀座に行く。葛きな粉その他の乾物類大抵品切なり。葛湯は腹の痛む時粥よりも余の口に適するなり。大正三年の夏腸胃を害してより今日に至るまで折折葛湯に飢をしのぐことありしがこれも新政のために出来ぬ事になりぬ。わが国伝来の飲食物にして今は再び口にすること能はざるものを挙げ来らば数《かぞう》るに遑《いとま》なし。十五夜の月あきらかなり。

四月十三日 日曜日 花ぐもりの空なり。晡下《ほか》雨ふり来り夜に入るも晴れず。物買ひにと銀座に行く。尾張町竹葉亭は米不足にて鰻に饂飩を添へて出す由。天金は早仕舞にすると云ふ。銀座食堂は平素客少ければ定刻まで米飯を出す。牛肉屋松喜も通りがゝりに様子を見れば米の飯を出すが如し。

四月念三（二十三日）。半ばは晴れ半ばはくもる。常磐木《ときわぎ》の落葉をはきて焚く。新千載和歌集をよむ。晩間出でゝ銀座に飯す。去月来食料品店のみならず菓子屋果物屋の店頭に鑵詰《かんづめ》壜詰《びんづめ》物おびたゞしく並べられたり。今まで見しことなき鑵詰もあり。太西洋航路閉止となり輸出することと能はざるがためなりと云ふ。葡萄酒も戦前仏蘭西輸出の品にて上海神戸辺に滞荷せしもの日本製ガラス罎に詰替へたるものには値段の割に品好《よ》きものありと三浦屋店員のはなしなり。試に一本購《あがない》帰りて味ひ見るに果してその言ふが如し。

六月初一 日曜日 旧五月七日 西洋紫陽花コバルト色に染《そま》り出しぬ。この花もと日本の紫陽花を仏蘭西の土に移し植ゑしなりと云ふ。花の色その葉の色ともに淡くやはらかなり。三年前或る人鉢植の一株を贈りくれしなり。庭におろして既に年を経たれば花の色も今年あたりは日本在来のものに化し終るならむと思ひしに、始めて見し時のうつくしさを保ちたり。わが思想とわが芸術も願くばこの仏蘭西あぢさゐの如くなれかし。午後雨ふりしが夜は空晴れて月出でたり。

六月十五日 日曜日 (抄) 余は万〻一の場合を憂慮し、一夜深更《しんこう》に起きて日誌中不平憤惻《ふんそく》の文字を切去りたり。又外出の際には日誌を下駄箱の中にかくしたり。今翁草《おきなぐさ》の文をよみて慚愧《ざんき》することはなはだし。今日以後余の思ふところは寸毫《すんごう》も憚《はばか》り恐るゝ事なくこれを筆にして後世史家の資料に供すべし。

日支今回の戦争は日本軍の張作霖暗殺及び満洲侵略に始まる。日本軍は暴支膺懲《ようちょう》と称して支那の領土を侵略し始めしが、長期戦争に窮し果て俄に名目を変じて聖戦と称する無意味の語を用ひ出したり。欧洲戦乱以後英軍振《ふる》はざるに乗じ、日本政府は独伊の旗下に随従し南洋進出を企図するに至れるなり。しかれどもこれは無智の軍人ら及《およ》び猛悪なる壮士らの企《くわだて》るところにして一般人民のよろこぶところに非《あ》らず。国民一般の政府の命令に服従して南京米を喰ひて不平を言はざるは恐怖の結果なり。麻布連隊叛乱の状を見て恐怖せし結果なり。今日にては忠孝を看板にし新政府の気に入るやうにして一稼《ひともうけ》なさむと焦慮するがためなり。元来日本人には理想なく強きものに従ひその日〳〵を気楽に送ることを第一となすなり。今回の政治革新も戊辰の革命も一般の人民に取りては何らの差別もなし。欧羅巴《ヨーロッパ》の天地に戦争歇《や》む暁には日本の社会状態もまたおのずから変転すべし。今日は将来を予言すべき時にあらず。

七月廿四日。晴れて涼し。風の向を見るに西南の風なり。今年は夏なくして秋早くも立ちそめしが如き心地なり。晩間土州橋に至る。下谷《したや》外神田辺の民家には昨今出征兵士宿泊す。いづれも冬仕度なれば南洋に行くにはあらず蒙古《モンゴル》か西伯利亜《シベリア》に送らるゝならんと云ふ。三十代の者のみにしてその中には一度戦地へ送られ帰還後除隊せられたるものもありと云ふ。市中は物資食糧の欠乏はなはだしき折からこのたび多数の召集に人心頗《すこぶる》恟《きようきよう》ゝたるが如し。

八月初五。晴。暮方谷町電車通のパン屋にジヤム買ひに行きしに主人の言ふやう、パンにつけて食ふものは一向に売れません。近頃パンを買ひに来る人は日に三百人位ありますがジヤムの鑵は日に三ツ四ツ売れゝばよい方なるべし。お客は以前とは全く違ふやうになりたり。これも時勢なるべしと。この夜月佳《よ》し。

九月初三。晴。日米開戦の噂しきりなり。新聞紙上の雑説ことに陸軍情報局とやらの暴論の如き馬鹿〻〻しくて読むに堪えず。

九月念八（二十八日）。（抄）秋陰暗淡薄暮の如し。午後小石川を歩す。伝通《でんつう》院前電車通より金《かな》富町《とみちょう》の小径に入る。幼時紙鳶《たこ》あげて遊びし横町なり。一間《いっけん》程なる道幅むかしのまゝなるべく今見ればその狭苦しきこと怪しまるゝばかりなり。旧宅裏門前の坂を下り表門前を過ぎて金剛寺坂の中腹に出づ。暫く佇《たたず》みて旧宅の老樹を仰ぎ眺めゐたりしが、その間に通行の人全く絶えあたりの静けさ却てむかしに優りたり。坂を上り左手の小径より鶯谷を見おろすに多福院の本堂のみむかしの如くなれど、懸崖《けんがい》の樹木竹林大方きり払はれ新邸普請中のところ二三箇処もあり。昭和十一二年頃来り見し時に比すれば更に荒れすさみたり。牛込赤城の方を眺むる景色も樹木いよ〳〵少くセメントの家屋のきたならしさ目に立ちて、去る大正十二年地震後に来り見し時の面影はなし。その時筆にせし礫川徜徉記《れきせんしょうようき》を今読む人あらば驚き怪しむべし。このあたりの屋敷の門札にてむかしと変りなきはわが生れし家の跡に永田とかきたるもの、又金剛寺坂左側の駒井氏、右側の岩崎氏、その隣の石橋氏なり。その筋向に稲荷の祠《ほこら》あり。余の遊びし頃には桐畑なりき。（中略）余本年に入りてより漸く老の迫るを覚え歩行すればたちまち疲労を感ずることはなはだしければ生れたる小石川の巷《ちまた》を逍遥するもおそらくは今日この日を以て最後となすなるべし。倒れかゝりし大黒天の堂宇に比してこの世に在ることいづれが長きや。

・十月十五日。（抄）晴。防空演習にて近隣の家は皆その準備をなし水桶高箒《たかぼうき》などを門口に並べたり。しかるにこの用意をなさざるところ余が家ただ一軒のみ。余一人にて何事をもなすこと能はざればなり。本年は防空令違犯にて厳罰に処せらるゝやも知れずと胸中はなはだ不安を感ず。

十月二十日。晴。昼頃隣のかみさん来たり隣組にて昨日合議の末先生のところは女中も誰も居ない家ゆえ今度の防空演習には義務も何もないものとして除外致しました。ヘルマンさんのところは女中だけで御主人は外国人ゆえこれも先生と同じく防火団には入れない事に致しましたと言ふ。何分よろしくと答へ過日人より貰ひたる栗を箱のまゝ贈りたり。明後二十二日より世の中暗闇になる由。

十月廿二日。今日は世間騒がしく夜は暗闇になると思ひのほか日の丸の旗あちこちに飜《ひるがえ》り夜も暗くはならぬ由。どこやらに御嫁入の御祝事あるが故なりとぞ。正午土州橋に付き帰途日本橋に出で八木長にて鰹節を買ふ。鰹節も近きうちに米同様切符制になるべき噂盛《さかん》なれば万一の事に備へむとするなり。余は今日まで鰹節の事など念頭に置きしこともなく洋風の肉汁あらば事足れりとなせしが、今年春頃より食料品何に限らず不足品切となり、こゝに始めて昔の人の饑《き》饉《きん》の用意に米と鰹節と梅干あらば命はつなぎ得べしと言ひたることの真実らしきを知りたるなり。暖き粥に鰹節醤油梅干を副食物となせば一時の空腹をいやし得べし。陶靖節《とうせいせつ》の集をよみて眠る。

十月廿三日。小春の日和つゞきて勝手口に洗流しの米粒あさりに来る雀《すずめ》の声もたのし気なり。門外は折ゝ防空演習の人声さはがしき事あれど吾家の庭は夜ごとの露霜に苔いよ〳〵深く、山茶花のしげみに鶯の笹啼《ささなき》絶えずいつもより静にさびしく暮れ行きぬ。黄昏の光消えやらぬ中《うち》にと急ぎて夕餉の仕度をなし窓に黒幕を引きて後《のち》燈火の漏れはせずやと再び庭に出でゝ見るに、向側なる崖の上に四五日頃の片割月《かたわれづき》落ち残りて空あかるし。飯後夜具しきのべ宵の中より蓐《じょく》中《ちゅう》に陶集をよみて眠りの来るを待ちぬ。陶淵明《とうえんめい》が詩を誦せんには当今の時勢最も適せし時なるべし。

憶我少壮時。無楽自欣予。猛志逸四海。騫翮思遠翥。荏苒歳月頽。此心稍已去。値歓無復娯。每每多憂慮。気力漸衰損。転覚日不如。壑舟無須臾。引我不得住。前塗当幾許。未知止泊処。古人惜寸陰。念此使人懼。巻四雑詩十二首中第五

・十月卅一日。夜八時頃浅草より帰る時、地下鉄道の乗客中に特種の風俗をなしたる美人を見たり。年廿歳ばかり、円顔にて色白くきめ細かにして額広く鼻低からず、黒目勝ちの眼涼しく少しく剣あり。髪は後にて束ね角《つの》かくしの如き黒地のきれを額に当てたり。紺地のあらき絣《かすり》の着物に黒の半纏《はんてん》をかさね帯は幅せまき布をぐる〳〵巻きにし、はでなる染物に黒地のきれにて縁

を取りし前掛をしめ、結目を大きく帯の上に見せたり。着物半纏ともに筒袖なり。着物のきこなしより髪の撫でつけ様すべて手綺麗にて洗練せられたる風采、今日街上にて見る婦女子の比にあらず。おぼえず見取るゝばかりなり。琉球の女にあらずばアイヌの美人ならむか。二三年前銀座通にて同じ風俗の女二人連にて歩めるを見しことあり。その時は夏なりしゆゑ髪かざりの布は白地にて細《こま》かき刺繍を施したり。半纏はなかりしゆゑ巻帯の後ざまよく見えたり。着物はその時も絣なりき。いづこの風俗ならむ。色彩の調和よく挙動の軽快なること日本現代の服装の俗悪野卑なるに似ず遥に美術的なり。浅草松屋の下より乗りて京橋にて降りたり。同伴の者なく一人なり。履物は普通のフェルト草履に白足袋をはきたり。この図の如し。

〔コノ絵，十月卅一日ノ記事ノ終リニアリ〕

十一月十九日。雨歇《や》みてはまた降る。国際文化振興会黒田清といふ人よりOscar Beurなる独逸人拙作小説おもかげを独逸語に翻訳したき趣につき是非とも承諾すべしと言ひ越しぬ。余は拙作の独逸人に読まるゝことを好まざれば体よく避けて断ることになしぬ。

十二月初七。この冬は瓦斯《ガス》暖炉も使用すること能はずなりたれば、火鉢あんか置火燵《おきごたつ》など一ツづゝ物置の奥より取出され四畳半の一間にむかしめきし冬仕度漸くとゝのひ来りぬ。これらの器具は二十余年前ある時は築地ある時は新橋妓家の二階、またある時は柳橋代地の河岸《かし》にて用ひしもの。今日偶然これを座右に見る。感慨浅からざるなり。

　ながらへてまた見る火桶二十年

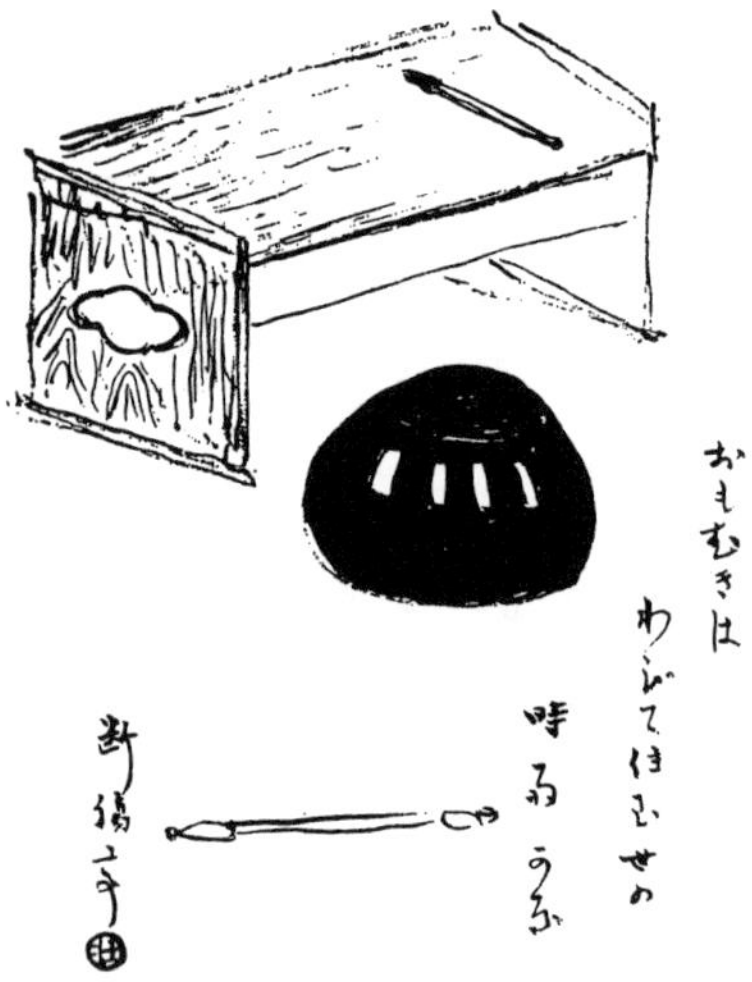

昭和十六年の『断腸亭日乗』より

十二月八日。褥中《じよくちゆう》小説浮沈《うきしずみ》第一回起草。晡下土州橋に至る。日米開戦の号外出づ。帰途銀座食堂にて食事中燈火管制となる。街頭商店の灯は追〻に消え行きしが電車自動車は灯を消さず、省線は如何にや。余が乗りたる電車乗客雑沓せるが中に黄いろい声を張り上げて演説をなすものあり。

十二月十一日。晴。後に陰。日米開戦以来世の中火の消えたるやうに物静かなり。浅草辺の様子いかゞならむと午後に往きて見る。六区の人出平日と変りなくオペラ館芸人踊子の雑談また平日の如く、不平もなく感激もなく無事平安なり。余が如き不平家の眼より見れば浅草の人達は堯舜《ぎようしゆん》の民の如し。仲店にて食料品をあがなひ昏暮に帰る。

十二月十二日。開戦布告と共に街上電車その他到処《いたるところ》に掲示せられし広告文を見るに、屠《ほふ》れ英米我らの敵だ進め一億火の玉だとあり。ある人戯《たわむれ》にこれをもじりむかし英米我らの師困る億兆火の車とかきて路傍の共同便処内に貼りしと云ふ。現代人のつくる広告文には鉄だ力だ国力だ何だかだとダの字にて調子を取るくせあり。寔《まこと》にこれ駄句駄字と謂《い》ふべし。晡下向嶋より玉の井を歩む。両処とも客足平日に異らずといふ。金兵衛に飯して初更にかへる。

十二月廿九日。晴れて寒し。午後日本橋三井銀行に至るに支払口に人押し合ひたり。丸ノ内三菱銀行も同じ景況なり。如何なる故にや。町の辻〻には戦争だ年末年始虚礼廃止とやら書きたる立札あれど銀座通の露店には新年ならでは用いざるさま〴〵の物多く並べられたり。も組の横町にも注目飾《しめかざり》売るものあり。花屋には輪柳福寿草《わやなぎふくじゆそう》も見えたり。土州橋の病院に往き薬代を払ひて薄暮にかへる。電車さして雑沓せず。燈下執筆毎夜怠りなし。

ガスや電気がままならぬので、湯たんぽを抱いて一日中寝ていた。それがこの年の荷風の元旦である。寝ながらつらつら思うに、去年の秋から「軍人政府」の力が増した。日常生活が困難になった。古下駄をはいて秋雨のしょぼ降る夕方、買い物にみずから行くようになった。ふん、それもある意味で絵になる光景だ、と思う。無理してでも思うことにする。ネギのはみ出すかごを持って歩く男。わびしくて味がある。前よりいい男になったかもしれない。——そう心で思って逆境を楽しむことは、横暴な軍人政府とて止められない。いかなる者も、人のこころの秘所はのぞけない。「人の命のあるかぎり自由は滅びざるなり」……!

年のはじめの力づよい自由宣言である。荷風が軟派などとは誰が言ったのだろう。負けるものか。軍人の言うなりに心までしなび枯れ、楽しむことを自粛などしてなるものか。物資不足に人生まで暗く険しくしてなることか。死力を尽くしてどんな状況にも詩を見つけてみせる。荷風は傲然と顔を上げる。凄い根性である。さすがは織田信長の血をひく武士家系の一人である。日本列島中が暗くなればなるほど、東京は山の手のある中年のひとり暮らしの一点で、痩せがまんの美学が明星のように光りかがやく。

三月春には偏奇館のちいさな庭に草花を植えることも忘れない。今までの日常の習慣を守る。これも荷風の反骨の表現である。四月末、さくらも散るころに古い歌集『新千載和歌集』を読む。和の古典も読めば、西洋の本もおおいに手に取る。インドの詩聖・タゴールの詩集も、中国の詩聖・陶淵明の詩集も読む。心のなかに国境はない。

大好きな雨の六月、庭に美麗な紫陽花が咲く。かつてある人にもらったもので、日本の紫陽花をフランスで育てた種である。何とも淡くやわらかなコバルトブルーの花が雨に濡れる。いまだ日本の土に同化せず、貴重な混血の色をたもつ。「わが思想とわが芸術も」この紫陽花のように国境をこえて輝かしく色褪せずあれ、と願う荷風の筆致はたけ高い。

おなじ月に荷風は秘かに書く『断腸亭日乗』について深く反省する。二月にこの日記の存在を世間に知られることを恐れ、世相への批判を削除し、かつ外出の折には日記を下駄箱のなかに隠す用心をした。しかし今日六月十五日、江戸文人の随筆「翁草」を読んで、自身の卑怯なこころを猛烈に恥じた。「翁草」の著者は、文人たるものいったん筆をとれば、「実事のままに直筆」で記す覚悟がいると言う。日々の暮らしはおだやかに協調しても、筆の世界では世間に忖度などしていられようか。「天子将軍」の政治にも言うべきことは言う、これは筆を取る者の志であると記す。

ああ、この覚悟にくらべて自分の弱腰よ。よし、これからは江戸文人の気概にならい、思うことは存分に書くと決意する。すぐ実行し、書きつらねる。――そもそもこの戦争の発端は二・二六事件にある。あのとき軍人が政府要人を次々に殺害し、東京を占拠したことが、「一般人民」に恐怖をあたえた。暴力を駆使する軍人への「恐怖」が生まれ、言いなりになる悪しき伝統ができたと分析する。元来、「日本人」はいたって呑気な民族である。今日がよければいい、という能天気な性質をもつ。決して戦いをこのむ民族ではない。現在は全く「恐怖」に隷属しているのであると解く。

この年以降、ドイツと組む日本は世界で孤立してゆく。七月二十八日の日記欄外にはひとこと、「英米二国日本ト通商交易スルコトヲ拒絶ス」と記される。

荷風はそろそろ、国敗れて滅びる可能性を考えはじめたのではないか。しきりに幼い頃を思い慕うことが目だつ。九月末の曇り空の下、ほぼ五年ぶりに生家の小石川金富町をたずねる。変わったところもあれば、不思議なほど昔のおもかげを残すところもある。紙たこを揚げて遊んだ小道などはそのまま。生家の庭の老いた大樹も健在である。もはやわたくしも老いた。国は戦う。生まれた家を目にするのも最後であろうと予感する。この年は、優しい母の膝の上であまえて育った小石川の生家にオマージュをささげる小品「冬の夜がたり」や、英国式の教育をうけた明治のレディとしての優しく知的な母の肖像を柱とする小説『浮沈』を執筆した。その取材のためでもあろう。

十月は小寒くなるとともに、燈火管制がしげくなる。以前より月を愛する荷風であるが、燈火が消えて暗い夜空に浮かぶ月はもはや親友といってもよい。二十三日、朝は米を磨ぐおこぼれに飛来する雀の声になごみ、霜に濡れる庭の苔のみどりを愛でる。寝る前に偏奇館の崖の向こうに月をながめ、床のなかで中国の詩を読む。あくまで詩的な暮らしを死守する。

十月三十一日の記述は白眉であろう。夜の地下鉄に目をひく佳人がひとりいた。政府の命ずるもんぺ姿とはほど遠い。「琉球」あるいは「アイヌ」の出身らしき民族衣装をまとう。伝統的な手しごとの絣のきものが美しい。「黒目勝」の瞳のおおきく涼やかなこと、すこし剣のある光もいい。

ああ、久しぶりに美しいひと、美しいよそおいを見たと荷風は書く。平和な時代にも彼は、麴町あたりを琉球の女性が歩くのを見て、ひどく美しいと賞賛していた。美は荷風の絶対の価値である。その前にはいかなる偏見や差別も用をなさない。後日、人の話にこの女性は「大島」の人であるらしいと知った。鹿児島の奄美大島であろうか、伊豆七島の大島であろうか。いずれの島にも伝統の手織りのきものがある。

十二月八日は日米開戦の号外がでた。とうとう愛する「自由の国」アメリカと日本は戦う。この日に荷風は、亡き母のおもかげを慕わしくかかげる長篇小説『浮沈』を、出版の当てなく孤独に書きはじめた。

昭和の日本がいかにイギリスやアメリカの文化を愛して発展してきたか、改めて指呼する意図がある。その道はながい。明治維新からはじまる。鹿鳴館を思いだすがいい。自身の母も、和の教養とともにイギリス風の教育をうけた。鹿鳴館で若い妻として夫にしたがい、ドレスをまといワルツを舞い英語を話した。ケーキを焼きコーヒをおいしく淹れ、教会にかよった。息子たちも教会に連れていった。それなのに今さら、敵国文化として英語やキリスト教や映画、ジャズ音楽、ダンスを私たちの暮らしから引きはがし、憎めと命ずるのは無理無体である。それらの外来文化なしに近代日本はありえない。それも「日本」の血肉である。――そうしたこともぜひ、『浮沈』で発信したかった。

戦争中に根気よく『浮沈』は書きつがれ、戦後にようやく出版の陽の目をみた。おっとりと優美な母の世界ががらがらと崩落するのを目の当たりにして泣きむせぶヒロインには、もちろん荷風自身のやるせなさが重ねられる。とともに戦下にそっと女学生たちにまわし読みされていた、世界的な大ヒット小説『風と共に去りぬ』のスカーレットの母恋いの涙も映されていよう。これも戦争の敗者の物語である。スカーレットの母は、敗れた南部の古きよき文化を体現する真の貴婦人として、ヒロインのこころに永遠に生きのびる。『浮沈』のヒロインの恋う母も、まさにそうした旧世代のレディとして描かれる。

昭和十七年の『断腸亭日乗』より（抄録の場合は（抄）といたしました）

正月元日。旧暦のこよみを売ることを禁ぜられたれば本年より我らは太陰暦の晦朔《かいさく》四季の節を知ること能《あた》はずなりぬ。昨夜月やや円《まろ》きを見たれば今日は十一月ならずば十二月の十三四日なるべきか。空晴れ渡りて一点の雲もなし。郵便受付箱に新年の賀状一枚もなきけ法令のためなるべし。人民の従順驚くべく悲しむべし。野間五造翁ひとり賀正と印刷せし葉書を寄せらる。翁今なほ健在にて旧習を改めず。喜ぶべきなり。

一月廿二日。晴。食料品を得むとて午後日本橋通を歩す。白木屋前の露店に人ゝ行列をつくりたれば何かと見るに軽焼煎餅を買はむとするなり。市中の呉服屋洋品店一軒残らず戸を閉めたり。靴帽子屋は例外なりとて平日通り店をあけをれり。

一月廿三日。八日頃の月よし。金兵衛に至りて夕餉を食す。塵紙《ちりがみ》石鹼歯磨配給切符制になるべしとの風説あり。市中よりこれらの品昨夜中に消失《きえう》せたりと云ふ。塵紙懐紙なくなり銭湯休日多くなる。戦勝国婦女子の不潔なること察すべきなり。

・一月廿六日。晴れて暖かなり。昏暮《こんぼ》土州橋医院に行く。院長の曰くこの頃食料品不足のためヴイタミン欠乏し病に抵抗する力薄弱となりしものはなはだ多し。補充の注射をなして万一に備ふべしと。帰途浅草に至りて飯す。町の噂に玉の井亀井戸の女も一週間に一日ヅヽ、朝十一時より午後三時まで附近の工場に赴き箱張りをなすと云ふ。市中の藝者は既に去年より見番《けんばん》に集り紙張り箱張り等の仕事をなしゐる由。〔欄外朱書〕後日ノ噂ニ玉ノ井女工場ニハ行カズ一軒ニテ一週ニ一回組合事務所三階ニテ箱ヲ張ルナリト云ふ。

・二月初三。晴後に陰。昏暮《こんぼ》銀座の亀屋にて物買ふ時偶然籾山梓月子《しげつし》に逢ふ。互に久濶《きゆうかつ》を陳《の》べ共に銀座食堂に入りて夕飯を喫す。旧友既に大半黄土《こうど》に帰するの時子の健在なるは実に喜ぶべきなり。新橋にて別れ家にかへる。途中微雨。忽《たちまち》にして歇《や》む。再び雪となるにや。この夜節分なりといへどまくべき豆なければ鬼は外には行くまじ。

豆まきといへど豆なき家の内
福は来らず鬼は追はれず

二月初四。立春くもりて月おぼろなり。オペラ館踊子の部屋に行く。この近くにて汁粉を売るところ千束《せんぞく》町昭和座の裏林家、国際劇場筋向の珈琲店、田島町角《かど》千鳥なりなど言ひて踊子ども幕間の雑談、甘い物ほしいといふ事ばかりなり。打出しは九時なり。地下鉄にて新橋に至り金兵衛に夕飯を喫す。近日市中飲食店の検挙行はるべしとの風説あり。金兵衛にては万一の事を気遣ひ馴染の客の外《ほか》は一切料理酒を売ることをさしひかへをれりと言ふ。この夜おかみさんより醤油また二三合貰ひ空壜に入れ携へかへる。

二月十六日。晴。午後日本橋を通るに赤塗自働車に新嘉坡《シンガポール》陥落記念国債 金拾円 弐拾円 の幟《のぼり》を立て蓄音機をしかけ国債を売りあるくを見る。大蔵省の役人供なるべし。

三月初一 日曜日 くもりて暖かなり。午後執筆。薄暮嶋中氏に招かれ上野鶯谷の塩原に至る。上野地下鉄構内売店つゞきたる処に若き男女二人相寄り別れんとして別れがたき様にて二人とも涙ぐみたるまゝ多く語らず立すくみたるを見たり。二人の服装容姿醜くからず。中流階級の子弟らしく見ゆ。余《よ》は暫くこれを傍観し今の世にもなほ恋愛を忘れざるものあるを思ひ喜び禁じ難きものあり。去年来筆とりつゞけたる小説の題目は恋愛の描写なるを以て余の喜び殊《こと》に深し。余は二人の姿勢態度表情等を遠くより凝視し尾行したき心なりしかど約束の時間迫りたれば急ぎ車坂出口に出るに人力車二輛ありて客待ちしたればこれに乗る。老車夫曰く毎日の稼ぎ五円内外なりと。塩原に至るに谷崎君既に在り。嶋中氏中央公論編輯松下某を伴ひ来る。おかみさんらしき人年四十前後なり。女中皆しとやかなり。料理の中《うち》記憶に留まるもの鯛塩焼、飯鮹《いいだこ》さくら煮、刺身、鱧《はも》吸物、蕎麦切等、食後ぜんざい、菓子最中 餡のかはりに飴を入れたり を出す。時節柄一として珍羞《ちんしゅう》にあらざるはなし。この旗亭《きてい》塩原は余の若かりしころには芸者連込の温泉宿なりしなり。神田講武所の小勝といひし女と折ゝ来りて巫山《ふざん》の夢を結びしことあり。門前の路地に萩《はぎ》しげりて夜ふけの露に袂《たもと》の濡るゝ風情今に忘れず。その頃は根岸の里もむかしのまゝにていかにも根岸らしき心地したりしなり。

・四月初四。晴。花落ちて木の芽既に青し。世が世なりせば木の芽田楽草餅など食ふ時節なれど今はその名さへ大方忘れられしが如し。土州橋より昏暮濹上《ぼくじよう》を歩み芝口に飯してかへる。二十日頃の月おぼろなり。

四月十九日 日曜日 晴。やゝ暖なり。今日も世間物騒がしき様子なり。午睡半日。晡下《ほか》金兵衛に至り人の語るところを聞くに大井町鉄道沿線の工場爆弾にて焼亡、男女職工二三百人死したる由。浅草今戸辺の人家に高射砲の弾丸の破片落ち来り怪我せし者あり、小松川辺の工場にも敵弾命中して火災にかゝりし所ありと云ふ。新聞紙は例の如く沈黙せるを以て風説徒《いたずら》に紛ゝたるのみ。

四月三十日。半陰半晴。終日睡魔に襲はる。怙寂子来書。夜いつもの如く金兵衛に飯す。京橋区内カフヱー洋食店等に雇用せらるゝ者の中およそ弐百人ばかり徴用令にて二年間沖電気工業会社工場の職工にせられ合宿所に入れられたりと云ふ。金春《こんぱる》新道喫茶店キユペルの息子もその中に在りと云ふ。

昭和十七年の『断腸亭日乗』より

五月初一。陰。落葉を焚く。貝母《ばいも》の花ひらく。

五月十八日。晴。晡下土州橋に至る。診察を請ふに脚気の疑ひありとて注射をなす。先月来市中に野菜果実殆《ほとんど》なく沢庵漬さへ口にすること稀になりたり。脚疾の発せしはこれがためなりと云ふ。夜ふけてより雨。

六月二十日。晴。午後町会の役員来りわが家防火設備をなさゞる事につき両三日中警察官同行にて重ねて来り、その時の様子にて罰すべしと言ひて去りぬ。この頃町会の役員中古きもの追ゞ去りて新しき者多くなりし由。そのためこの後は偏奇館独居の生活むづかしくなるべき様子なり。いよ〳〵麻布を去るべき時節到来せしなるべし。アパート空室の有無を電話にて菅原氏に問合せ、夜になるを待ちて銀座ふじあいす店にて会談す。菅原君居住のアパートには目下空室なけれど一二個月中には何とかなるべしとの事なり。この夜永井智子同伴なり。銀座通の喫茶店いづれも九時に閉店。早きは八時頃に客を断るところもあり。百貨店松屋三越の黄銅の手すり皆取りはづされたり。

六月廿七日。晴。晡下《ほか》土州橋に至る。その途上歌舞伎座の前を過《よぎ》るに建物の装飾に用ゐたる銅鉄類取はづしの最中なり。表入口の廡《ひさし》に取りつけし鳳凰絵看板の銅瓦もまた除かるゝが如し。新政府は劇場の建築を以て現代の美術とはなさゞるものの如し。築地電車通の人家を見るに二階窓の欄干格子など鉄製のものは大方木材に取りかへられたり。

・七月廿二日。晴。山丹《さんたん》の花ひらく。夜初更過雨《しよこうすぎ》ふり来りしが須臾《しゆゆ》にして歇む。数日来巻烟草《まきたばこ》品切。またちり紙もなくなりし由。毎夜枕上に鷗外全集をよむ。

七月廿七日。満月鏡の如し。旧暦の六月望《もち》ならむか。夕飯の後永代橋に月を看る。涼風水のごとし。

七月廿八日。今宵も月よし。向嶋より寺嶋町を歩む。今年の夏の暑さ昭和十一二年のころに似たり。毎夜江東の裏町を歩み偶然濹東綺譚の一篇をつくりしも思へば早くも六年のむかしとなりぬ。

七月卅一日。晴。涼風颯〻《さつさつ》人皆蘇生の思ひをなす。晩食後深川散策。今宵は氷ありと見えいづこの氷屋にも人むらがりたり。氷水一杯十銭にてその量むかしの半分よりも少し。

八月初七。人の語るをきくに今日より秋になりしと云ふ。我庭の秋海棠《しゆうかいどう》三伏の炎熱あまりに激しかりしためにやその葉はたゞれ花の蕾《つぼみ》も半ば萎れて落ちたり。夾竹桃の花は今にさかりなり。隣家の空地に玉蜀黍《とうもろこし》高くのびて熟し、朝鮮牽牛花《あさがお》さかりに開くを見る。晡下《ほか》土州橋に至り帰途金兵衛に夕餉を喫す。塩焼にしたる鮎の腹の黄ばみたれば秋風立そめしに相違なきなり。

八月廿五日。金兵衛に夕餉を喫す。今宵も月よし。歌川氏と烏森の縁日を歩す。今年女の洋服その裾いよ〱短くなりて膝頭すれ〱なり。白粉つけず日にやけたる顔に剃刀当てしことも無きが如く頭髪蓬《よもぎ》の如く近寄れば汗くさし。

八月廿六日。毎日鷗外全集再読。今宵月色また清奇なり。旧七月の既望《きぼう》なるべし。久し振り銀座を歩む。

九月十五日。雨ふる。午後大工岩瀬来り明日より偏奇館修繕の仕事にかゝるべしと言ふ。偏奇館は大正九年五月に竣〔ママ〕成せしものなれば今年にて二十三年とはなれるなり。大工も白髪の爺となり、余もまた老衰して見る影もなし。

・九月十六日。晴。晩間金兵衛に飯す。佃茂の主人日本橋宝来屋の煮豆壜詰を手に入れたりとて一壜を贈らる。東京にて今まで名物といはるゝものを作りし老舗大方、店を鎖《とざ》しぬ。蔵前の鮒佐、並木の濵金、築地の佃茂その他なほ多かるべし。

・九月廿四日。秋分。晴れたる空折〻くもりしが日暮れてより中秋の月隈《くま》なく照りわたりぬ。中秋と秋分との同じ日になりしは大正十二年震災の時なりき。月日のたつは早し。芝口に夕餉して後《のち》墨堤《ぼくてい》を歩す。

〔欄外朱書〕中秋

九月廿九日。晴。十日程前より両脚及《およびに》両腕痲痺《まひ》して起臥《おきふし》自由ならず歩行する時よろめき勝ちになりぬ。又燈下に細字を書くこと困難となれり。昨日土州橋に至りて診察を請ひしが病状明らかならず治療の道なきが如し。余が生命もいよ〱終局に近きしなるべし。乱世の生活は幸福にあらず死は救ひの手なり悲しむに及ばず寧《むしろ》よろこぶべきなり。

十月初五。防空演習にて崖下の町より人の声物音折ゝひゞき来る。されど我家のほとりは静にて木《こ》の間《ま》に鶯の笹啼《ささなき》をきく。秋海棠《しゅうかいどう》の花なほさき残りたるに山茶花《さざんか》の早くも一二輪さき初《そ》めたるを見る。風静かにして木の葉のそよぐ音春の日の如し。

・十月初六 晴れて暑し。隣家墺国《オーストリア》人フロイドル氏林檎三顆をおくらる。午後谷口氏来り栗饅頭羊羹林檎をおくらる。薄暮金兵衛に飯す。或る人のはなしに市中色町の薬屋に花柳病予防のサック品切になりしと云ふ。

十月十一日日曜日 晴れて風甚《はなはだ》冷なり。門外に遊ぶ子供のはなしをきくに今日より時計の時間変りて軍隊風になる由。午後の一時を十三時に二時を十四時などゝ呼ぶなりと云ふ。

十月廿六日。晴れわたりて雲翳《うんえい》なし。赤蜻蛉の飛ぶを見る。月明昨夜の如し。

・十月廿七日。今日もよく晴れて暖なり。菊は石蕗《つわぶき》と共に花さきそめたり。夕餉の後物買はむとて浅草に往く。下弦《かげん》の月言問橋の上に出るを見る。星影少し。帰途新橋の金兵衛に立寄るに川尻歌川の二子在り。薄茶を喫し夜半にかへる。

十一月十六日。午後土州橋の病院に至る。注射例の如し。空曇りたれど風なければ浅草に行く。東橋際の乾物問屋にて葛を買ふ。百匁壱円八拾銭なりといふ。物価の騰貴測り知るべからず。仲店を過ぎるに人さして雑沓せず酉の市の熊手持つ人も多からず。オペラ館楽屋に入るに曾《かつ》てこの座の作者なりし小川丈夫来合せゐたれば踊子の大部屋に入りて語る。その家に子供なくてさむしければ女の子貰ひたりと言へり。舞台裏にてレヴューの踊見てゐたりしにギヤングの親分岡田といふ男来り書幅を是非揮毫《きごう》せられたしと言ふ。そこ〳〵に楽屋を出で地下鉄にて新橋に至り金兵衛に夕餉を喫す。人ゝの語るをきくに来十二月より瓦斯《ガス》風呂焚くこと禁止せらるゝ由。

・十一月廿四日　十一月になりて今年の如く毎日好く晴れて暖かき日の打ち続くことは未だ曾て知らざる所なり。乱世のさまをも打ち忘れ人間生命のうれしさただわけもなく味ひ知らるゝ天気と謂《い》ふべし。午後土州橋に至る。夕餉の時間にはなほ間あれば浅草に往き観音堂に詣づ。御《み》籤《くじ》を引くに第九十五吉。志気勤修業。禄位未造逢。若聞金雞語。乗船得便風とあり。弁天山下の路地を過るに竿敏《さおとし》と障子にかきたる釣竿屋《つりざおや》の店先に白鬚禿頭《しらひげとくとう》の一老翁、余念なく釣竿をみがきゐたり。その風貌今の世には見るべからざる程俗を脱したり。歩を停めて眺むること暫くなり。東武電車にて鐘ヶ淵に至る。停車場外のきたなき町に筆屋あり。近隣の様子に似ず筆硯《ひっけん》あまた店先に出したり。線路際に昭和道玉の井近道といふ榜示杭立ちたり。来路を取りて浅草にかへれば日全く暮る。新橋に飯し月を踏んで家に至る。

十二月初二。冬日あたゝかなり。病大方痊《い》ゑたり。正午土州橋に往きて再び注射をなす。今日より食物平生に復す。夕飯後幼時の回想録冬の夜がたり起稿。暁四時に至つて就眠す。

・十二月初四。陰。短篇小説軍服起稿。夜オペラ館に往く。帰途微雨。家に至るころ既に歇む。

十二月廿三日。陰。午後小堀杏奴《あんぬ》その良人小堀四郎氏相携へて来り訪《おとな》はる。その近著回想一巻及青森林檎一盆を贈らる。夜寒雨霏《ひ》ゝ《ひ》。

十二月廿四日。陰。台湾森於菟《おと》氏鷗外の母（硯山院峰雲谿水大姉三十三回忌紀念）一巻を郵送せらる。返書を裁す。昏黒《こんこく》金兵衛に至りて飯す。始めて頼《らい》新氏に逢ふ。山陽の後裔《こうえい》なり。渋谷青葉町に住すと云ふ。帰途風暖かにして月おぼろなり。春夜の如し。

お正月の和の習わしには一向に興味のない荷風であった。年賀状のことなど今まで日記にとくに書くこともなかった。しかし今年は新春の賀のあいさつ状さえ、ぜいたく無用として禁じられる。そうなると俄然、年賀レターの存在が気になるのが天邪鬼のこの人である。

たった一枚、郵便箱に「賀正」と印刷したはがきが入っていた。おお、自粛の法令を敢然と破ったのは誰か――知りあいの「翁」である。いつもの習わしを変えぬ気骨ある老翁よ、まことに見上げた流儀であると嬉しがる。そういえば形骸をきらう荷風自身はその人生で、賀状を書いた経験はあるのだろうか?

二月には偶然いいことがあった。「昏暮《こんぼ》」――これも最近の荷風がよく用いることばで、夕方より深く暮れた時間をあらわす。銀座の高級輸入店に食料を買いに寄った荷風はそこで、なつかしい大好きな出版社主にして俳人の籾山仁三郎に出会う。「三田文学」の主幹をつとめた若きころ、ともに熱く雑誌をささえ、かつ荷風の作品を次々に美麗な本の装いで出版してくれた盟友だ。

荷風はおなじ人との親交があまり長つづきしない。時間が経過して惰性や義理の糸にからめられるのが苦手なゆえであろう。志をおなじくし、熱烈な江戸趣味で共通する籾山とも、「三田文学」を辞した後ともに小雑誌をつくり、編集方針の行き違いで疎遠となった。しかし会えばやはり大切なとくべつな友である。それに自分も年をとった。多くの友が黄泉路《よみじ》に入った。せめてこの人に会えたことは大きな喜びだった。いっしょに夕食をとって別れた。ちょうど春を告げる節分の夜だった。

二月なかばにはシンガポール陥落で、世間がくだらない戦勝騒ぎをする。荷風は冷たくそれを見て過ぎる。前ほどしきりではないが、まだ浅草のオペラ館の楽屋に行って遊ぶ。若いダンサーたちのおしゃべりは、「甘い物」が食べたいということばかりである。

美しいもの、甘いおいしいもの、すてきなものは急速に消えてゆく。その中で三月一日の日記は救われる。恋を人生の華とする荷風の面目が光る。何かとひとり暮らしの荷風を案ずる中央公論社社長の招きで、上野は鶯谷の塩原という料亭に招かれる。たっぷり栄養を荷風にとらせようという心づかいであろう。その行き道、すこし暮れてきた「薄暮」の上野地下鉄構内で、麗しい若い男女の逢瀬を目にする。年頃の男女さえもおしゃれをする余裕なく荒れた格好をする中で、珍しく小ぎれいに装う二人。別れがたく、人目を避けてそっと互いに寄りそって涙ぐむ。

ああ、この戦う世界に「恋愛を忘れざる」美しい二人がまだいたのだ……！　深く感激する。まだ日本も捨てたもんじゃない、と思う。烈しい視線で荷風は恋びとたちを凝視する。ちょうど『浮沈』という長篇小説を秘かに書いている。パーマネントもかわいいワンピースもケーキも口紅も奪われた浅草のオペラ館の踊子たちがせめて喜んでくれそうな、欧米映画のようにロマンティックな恋愛をぜひ書きたいと筆を進めている。目前の光景を小説のラブシーンに取り入れたいと願いつつ、荷風はぼうぜんと可憐な二人をながめて立ちつくす。これも含めていい日だった。塩原のごちそうも戦下を忘れるほど潤沢だった。若きよい時代、荷風はこの隠れ家めいた料亭で佳人と遊び、幸せな夢の夜をすごした。きれいな恋人たちを見た影響か、久しぶりに自身の華ある時間も思いだす。

夏に入る六月にはいよいよ国は窮乏し、歌舞伎座や三越など劇場・百貨店をかざる銅や鉄が外される。まるで身につけた金や宝石をむしり取られる幸福の王子のようだ。都会の魅力は消えてゆく。都内にちり紙も石けんも無くなる。物資不足で若い女性さえ、うす汚なくなる。歯を喰いしばり、身ぎれいな都会人でいることに力を尽くす荷風であるが、しだいにそれも困難となる。

それでも季節のうつくしさを味わうことは手ばなさない。夏の夜はいい。川と月がいい。七月末には月は満ち、その鮮やかな白色は鏡のようだ。月の明るさをたのみに向嶋から寺嶋町をあるく。こんな散歩も久しぶりで、このあたりを舞台に『濹東綺譚』を書いたのは、かれこれ六年も前だなあ、と思いいたる。

夏の暑さもからだに応える。野菜不足で脚気もわずらう。もはや、あまり愚痴は言わない。言ってもしかたない。世相から遠い静謐な本を読む。森鷗外の書簡集と評論集を読む。フランス留学時代から愛するノアイユ伯爵夫人の詩集『その日その日』を読む。大好きなフランシス・ジャムの田園詩集『落葉』をひらく。

九月十五日より偏奇館の修理を開始する。岩瀬なる大工が来る。彼がこの家をつくってくれた。偏奇館もはや築二十三年になるという。大工も老いた。どうりで自分も老いて「見る影もなし」。

九月二十九日、これまでの痩せがまんがほとほと尽きる。もうだめ、とくずおれる。十日ほど前から腕と足がマヒして歩くことが難しい。歩けなくては、家族のいない荷風は終わりにひとしい。食料の買い出しにも行けない。恐怖は大きかったであろう。ホームドクターにも「治療の道なし」と告げられる。この乱世にては「死は救」、とうそぶくのはさすがである。マヒは一時的なものであった。三日後にはもう、浅草オペラ館楽屋を訪ねている。荷風はじつに芯がつよい。大いに恐がるが、恐怖をみずから払いのける力がある。

十一月二十四日もいい記述だ。毎日、気もちよい秋晴れがつづく。すると人間のいのちの力が高まる。戦争さえ忘れる。天気の影響とは、かくも深い。ぶらぶら浅草をあるく。弁天山の下に「竿敏」と屋号を書く釣り竿屋がある。おや、と何気なく見ると店先で、白いひげのはげ頭の老主人が無心に竿をみがいている。今の世にのんきに釣りをたのしむ客など皆無であろうに、そんなことに頓着なく、今までしてきた仕事にこれまでと同じに心を入れる。ああ、いいなあ。この淡々とした平常心こそ尊いと、荷風は足を止めてこれまた、うっとりとながめて飽きない。いい気分のまま新橋に出て夕ごはんを食べて、「月を踏んで家に至る」という結びの言葉が美しい。

十二月三日はじぶんの誕生日。前日二日に、母に甘えておやつをねだった小石川の家での幸せな幼少時代をふりかえる随想「冬の夜がたり」を書きはじめた。つづいて浅草のオペラ館に出入りする弁当屋の老人の、誰にも褒められない無名のしがない従軍体験を描く短篇小説「軍服」にも着手した。この小品は戦後、「勲章」と改題して発表された。

クリスマス近く、鷗外の愛娘の小堀杏奴が、自身で書いた父の回想記とりんごを持って訪ねてきた。

杏奴は姉の茉莉とともに、少女時代から荷風の花柳小説のファンだった。鷗外は笑って娘たちが荷風の色っぽい作品を読むのを許していた。むしろこれからの若い女性はそうでなくっては、男女のセックスについても知識をもっておかねば、と秘かに推賞していた。杏奴は戦争中の荷風のひとり暮らしを気づかい、画家の夫と心を合わせて物心ともにいささか支える。
この年の荷風の除夜のことばは、「あまり長いきはしたくなし」である。

昭和十八年の『断腸亭日乗』より（抄録の場合は（抄）といたしました）

正月一日。炭を惜しむがため正午になるを待ち起き出で台所にて昆炉に火をおこす。焚付けは割箸の古きもの又は庭木の枯枝を用ゆ。暖かき日に庭を歩み枯枝を拾ひ集むる事も仙人めきて興味なきにあらず。昆炉に炭火のおこるを待ち米一合とぎてかしぐなり。惣菜は芋もしくは大根蕪《かぶ》のたぐひのみなり。時には町にて買ひし菜漬沢庵漬を食ふこともあり。されど水にて洗ふがいかにも辛《つら》し。とかくして飯くひ終れば午後二時となり、室内を掃除して顔洗ふ時はいつか三時を過ぎ、煙草など呑みゐるうち日は傾きてたちまち暗くなるなり。これ去年十二月以後の生活。ただ生きているといふのみなり。正月三ケ日は金兵衛の店も休みなれば今日は配給の餅をやきて夕飯の代りとなせり。夜七時頃菅原明朗永井智子相携へて来り話す。浅草海苔を貰ふ。

正月三日。晴れて風静かなれど寒忍びかたし。終日家に在りフロオベルが若き頃の作十一月Novembre をよむ。童貞の苦悩より初めて娼婦に狎《な》れたる事など書き綴りしものなり。文章の絢爛《けんらん》さながら錦繍《きんしゅう》のごとし。マダムボワリイの如き大成後の作品、その文章の平坦清楚なるは蓋《けだ》しかくの如き絢爛より出で来りしものたる事を知る。この日日曜日。〔以下朱書〕気温室内華氏四十五度摂氏六七度正月十三日。晴。去年の暮町会より売り付けられし国債を現金に代へむとて午後兜町山二商店に至る。店長は三十年前よりの知人なり。それより土州橋を過《よぎ》り浅草に至る。オペラ館楽屋を訪ふにもと常磐座に居たりし踊子四五名本年正月よりこの楽屋に来れりとて皆喜びて余《よ》を迎ふ。この別天地には曾《かつ》て戦争の気分なし。昏暮《こんぼ》芝口に至らむとて楽屋を出るにいづこの煙草屋にも人〻その店先に長蛇の列をなしたり。去年の暮より煙草の品切今に至つて依然たればなり。値上げがしたくば早く値上げをなすがよし。いたづらに品切をつゞけて人民を苦しましむるは蓋《けだし》政策の得たるものにはあらざるべし。帰途寒月明《あきらか》なり。

・二月初五。立春とは名ばかりにて風はなはだ寒けれど空よく晴渡りたれば午後丸ノ内より箕輪《みのわ》行の電車にのり浅草に至る。合羽《かつぱ》橋のほとりにて二三年前オペラ館に雇はれゐたりし踊子に逢ふ。満洲興行の一座に加はりさすらひの旅より帰り来りしばかりなりと言へり。とある漬物屋に惣菜の筍《たけのこ》売るを見たれば購ふに百メ一円なりと云ふ。余浅草辺を歩む時には必《かならず》風呂敷に包みたる重箱を携へよさゝうな物あれば購ひかへるなり。漬物惣菜のたぐひ我家の近くよりも浅草辺の陋巷《ろうこう》にかへつて味好きもの多し。玉の井中島湯の向側なる煮〆屋にも時〻味よきものあり。オペラ館楽屋に行きて見るに二階の踊子部屋には皆〻洗湯に行きし後らしく片隅に三人ばかり骨牌《カルタ》をなし片隅には歌唄《うたうたい》の男なにがしその情婦なる踊子と火鉢にて何やら乾魚《ほしざかな》を焼きつゝ楽し気に弁当を食ひゐたり。日の暮れかゝるころ出でゝ地下鉄に乗る。

二月七日（抄）日曜日風雨午《ひる》に至つて歇《や》む。午後林菅原の二氏相携へて来り話す。埃及《エジプト》製巻煙草ウェスミンスタア百本入一箱を林君より林檎を菅原君より貰ふ。夜読書の傍《かたわら》火鉢にて林檎を煮ジヤムをつくる。砂糖は過日歌舞伎座の人より貰ひたるなり。

二月十四日 日曜日 阿部雪子と云ふ女より羊羹を貰ふ。晡時《ほじ》五叟《ごそう》女弟子一人三味線屋職人を伴ひ来り話す。この職人を余が代人となし町会にて防火練習の際出てもらふことになしたるなり。薄暮共に出でゝ金兵衛に飲む。

三月十五日。春風漸《ようや》く暖かなり。オペラ館女優踊子らと木馬館裏のベンチに笑語す。露店の甘酒、店ごとに価を異にす。一は金八銭、一は拾銭、また拾弐銭といふもあり。いづれを味ひても薄くして甘味に乏しきは同じなり。角のビヤホールの前には夕方五時の開店を待ちて行列の人長蛇をなせり。

三月廿五日。晴。梅花既に散り柳の芽も青くなりたれど風寒きこと冬の如し。午後土州橋に行き薬および診断書を求めてかへる。瓦斯《ガス》風呂を焚くために医師の診察書必要なればなり。

四月九日。隣家の婆来りて言ふ。近隣の噂によれば霊南坂上森村といふ人の屋敷は無理やりに間貸をなすべきやう政府より命令せられたり。また市兵衛町長与男爵の屋敷も遠からず同じ悲運に陥るならん。先生のお家も御用心なさるがよろしからんとの事なり。兼てより覚悟せしことながら憂悶《ゆうもん》に堪えず。正午より家を出で浅草に行き観音堂の御籤をひくに半吉を得たり。やや安心してオペラ館に至り夕刻まで踊子部屋に雑談す。空襲警戒この夜解除の報あり。帰途町の灯のあかるきに空も晴れわたりて上弦の月泛出《うかびい》でぬ。帰宅後コレットの小説漂泊《ヴリボンド》の女をよみて黎明に至る。

四月十七日。晴。午後土州橋より浅草に行く。オペラ館の踊子らに誘はれ松竹座となり西洋映画館の映画を見る。モスコーの一夜といふ題にてトーキーは仏蘭西語なり。偶然かゝるところにて仏蘭西語を耳にせしよろこび譬《たと》へむに物なし。

四月念二（二十二日）。池上本門寺のほとりに住める相磯《あいそ》氏方より使《つかい》の者炭俵二俵煉炭ストーブおよび鶏肉に野菜豆腐を添へたる折詰を持来る。相磯氏とは交遊日なほ浅きに係らず余が独居の不便を思やりて心づくしのかづ〱謝せむと欲するも言葉なし。

五月初六。朝来微雨須臾《しゆゆ》にして霽《は》る。午後丸ノ内より浅草に行く。オペラ館踊子らと仏蘭西映画白鳥の死を見る。少女らはただ写真の画面に興味をおぼえ余は仏蘭西の言葉を耳にして青春の昔を思ひ暗愁を催すなり。数日来暑気漸く激し。夜机上の寒暑計華氏八十度に昇るを見る。

五月念三（二十三日）日曜日 晴。昼夜とも家に在り。

顔を洗ふ石鹸もなくなり洗濯用石鹸のみとなりしため取分け女供はこまり果て糠《ぬか》を取るため玄米を壜に入れ棒にて搗《つ》くもの益〻多くなりしと云ふ一升の玄米四五十分にて白くなるよし

五月念五。細雨午下《ごか》に歇む。どうだん黄楊《つげ》の刈込をなす。晩間金兵衛に飯す。

五月念六。積雨纔《わずか》に霽《は》る。椎の花馥郁《ふくいく》たり。忍冬丁字桂《にんどうちょうじかつら》の花 各《おのおの》 幽香を放つ。雀の子漸く馴れて勝手口軒下に来り洗流しの飯粒を啄《ついば》むやうになりぬ。燈刻金兵衛に至りて飯す。長唄常磐津の芸人も追〻徴発せられ職工となるもの多くなれりと云ふ。読書毎夜黎明に至る。

六月十六日。晴。隣家に住める植木屋善太来り年老いて木登りすることむづかしくなりしのみならず、今年より組合でき仕事も面倒になりかつ又手伝ひの職人払底なれば諸処永年の御得意先を断ることに致したり。そのうち代りの職人をさがし連れてまゐるべしと言ひて去りぬ。これにつけて思返すに大正九年の夏麻布に移り住みてより二十三四年の間に植木屋の入れ代りしこと三人なり。初の者は赤坂伝馬《てんま》町に住み隔月に一度づゝ来りしが震災の翌年頃病みて死したり。初めその女房肺病にて死し間もなく娘も同じ病にて死したる由。仕事に来りても元気なく呆然としてゐたることあり。その年の暮時雨《しぐれ》のふり来りし夕方庭掃除も半ばにして早く帰りしがその後は葉書にてたび〳〵呼びにやりしが何の便《たより》もなかりしなり。その次に来りしものは道源寺阪のほとりに住みし老人なり。その頃わが家に働きゐたる下女洗場にてその女房と心安きなかなりしゆえ来りしなり。年久しく道源寺のとなりに住み借家も二軒持ちゐたりし由。悴《せがれ》一人あり不良なり。また娘も一人ありしが下町の珈琲店の女給になりて家に在らず。老人も酒好きにてそのため七十になりても仕事に出でゐたりしと云ふ。この老人も四五年にて頓死せし後は市兵衛町二丁目の不動裏に住める者来りて年ゝわが庭の樹の刈込をなしゐたりしが昭和十一二年頃より行衛知れずになれり。恰《あたかも》その頃わが家の北どなりに今の植木屋善太と云ふ者簞笥《たんす》町辺より引越し来りしなり。その妻基督《キリスト》教の信者なりしと見え一昨年病死せし時教会の信者多く来りて終夜讃美歌を唱へしこともありき。余大久保余丁町の家を売り築地の僑居《きょうきょ》よりこの家に移りしも思へば昨日のやうなる心地するを。歳月は実に人を待たず。二十余年の星霜は夢の如くに過ぎ去りしなり。塀際に立てる椎の木の二三年前より俄に木立深くなり二階の屋根をも蔽《おお》ふに至りしも怪しむにおよばず。時勢も一変し余も今は日ゝ老の迫るを歎《たん》ずる身とはなれるなり。椎の繁茂と橐駝師《たくだし》の代りたることを事こまかに書き綴らば好箇の感想文をなし得べしと思へど今は日々炊事のいそがしければ筆とる心にもならざるなり。

六月十七日。晴。午後落葉を焚き藪蚊《やぶか》を追ひつゝ茂りし椎の木蔭に椅子を持出で読書の後ふと興の動くがまゝ手帳に小説の筋書をしるす。この日蒸暑《じようしよ》はなはだしく机に向ひ難し。椎の木蔭は日を遮り涼風絶えず崖の竹林に鳥の声しづかなり。晡下《ほか》凌霜子《りようそうし》来話。共に出でゝ金兵衛に飯す。この夜貰物《もらいもの》多し。凌霜子より甘納豆を貰ひ歌川子より塩豚《ジヤンボン》を貰ふ。帰途空くもりて月影暗し。

六月廿四日。晴。椎冬青樹《しいかなめ》の落葉今なほ尽きず。新竹漸く伸ぶ。雀の子毎朝勝手口につどひ来りて洗流しの米を啄《ついば》む。

六月廿九日。晴。晡下浅草漫歩。オペラ館楽屋を訪ふ。大道具職人の部屋に切餅の焼きたるを持来り一切《ひときれ》参拾銭にて売るものあり。踊子大勢寄りつどひてこれを食へり。三四人の踊子と共に楽屋を出るに五十番といふ支那料理屋に行き一円の定食を食へば生ビール一杯呑めると語るものあるをきゝて皆〻走り行く。その時別の踊子歩み来りモーリでは七時より汁粉を売る。又ハトヤには珈琲に焼麺麭《トースト》ありと知らす。余は一人の踊子とハトヤに至り一茶して後《のち》再び表通の映画館にて白鳥の死を見る。オペラ館に還《かえ》り舞踊一幕を見て出れば日は全く暮れ果てあたりは暗黒深夜の如し。

・七月初五。晴。午後土州橋注射。

冗談剰語

一東京市を東京都と改称する由。何のためなるや。その意を得難し。京都の東とか西とか云ふやうに聞えて滑稽なり。

一日本人は忠孝および貞操の道は日本にのみ在りて西洋に無しと思へるが如し。人倫五常の道は西洋にも在るなり。ただし稍《やや》異るところを尋ぬれば日本にては寒暄の挨拶の如く何事につけても忠孝〳〵と口うるさく聞えよがしに言ひはやす事なり。又怨みありて人を陥《おとしい》れんとする時には忠孝を道具につかひその人を不忠者と呼びかけて私行を訐《あば》くことなり。忠孝呼ばはりは関所の手形の如し。これなくしては世渡りはなり難し。

一日本人の口にする愛国は田舎者のお国自慢に異らず。その短所欠点はゆめ〳〵口外すまじきこととなり。歯の浮くやうな世辞を言ふべし。腹にもない世辞を言へば見す〳〵嘘八百と知れても軽薄なりと謗《そし》るものはなし。この国に生れしからは嘘でかためて決して真情を吐露すべからず。富士の山は世界に二ツとない霊山。二百十日は神風の吹く日。桜の花は散るから奇妙ぢや。楠と西郷はゑらい〳〵とさへ言つてをけば間違はなし。押しも押されもせぬ愛国者なり。

一隣の子供の垣を破りておのれが庭の柿を盗めば不届千万と言ひながら、おのれが家の者人の家の無花果《いちじく》を食ふを知りても更に咎《とが》めず。日本人の正義人道呼ばゝりはまづこのあたりと心得をくべし。

一近頃の流行言葉大東亜とは何のことなるや。極東の替言葉なるべし。支那印度赤道下の群島は大の字をつけずとも広ければ小ならざること言はずと知れたはなしなり。Great-est in the world などゝ何事にも大〻の大の字をつけたがるは北米人の癖なり。今時北米人の真似をするとは滑稽笑止の沙汰なるべし。

七月初六。曇りて風冷なり。紫陽花散りて立葵の花擬宝珠《ぎぼうし》の花さく。

七月初七。晴れて風冷なり。仏蘭西映画制作技師アルノオの映画案内をよむ。麻布六本木の古本屋にて得たるなり。アナトール、フランスの紅百合、ゾラの夢および労働。スタンダルの赤と黒などの名著も一たびは皆映画となりし事ありと云ふ。

Etienne Arnaud et Boisyvon: Le Cinéma pour tous, Paris 1922.

八月初三。先月来町会よりの命令なりとて家々各縁の下または庭上に穴を掘れり。空襲を受けたる時避難するためなりと云ふ。されど夏は雨水溜りて蚊を生じ冬は霜柱のため土くづれのする事を知らざるものゝ如し。去年は家の中の押入にかくれよと言ひ今年は穴を掘れと言ふ。来年はどうするにや。一定の方針なきは笑ふべく憐れむべきなり。

九月初六。晴。哺下《ほか》阿部ゆき子来話。この夏の初曝書《ばくしよ》をかね蔵書の目録をつくらむとてその事

〔コノ絵，九月初六ノ記事ノ終リニアリ〕

をたのみ置きたる女なり。今日はあまりに蒸暑く物懶《ものう》きゆゑ目録製作は他日になし雑談昏刻に至る。自炊の夕餉に飢を忍びて後《のち》燈下アポリネールの詩集アルコールを読む。

八月中この後毎月八日には婦女必百姓袴《もんぺ》を着用すべき由《よし》お触あり。又婦人日本服の袖《そで》を短くすべき由。新橋赤坂辺の藝者の中にはこのお触に先立ち百姓袴に元禄袖の黒紋付をきて客の座敷へ行くもの少からず。追〻一般の流行となるべき形勢なりと云ふ。

九月九日。晴。残暑殊《こと》にはなはだし。午後佐藤観氏来話 中央公論社員陸軍主計中尉比島帰還 マニラには食料品多し。守備隊凡《およそ》十万人位なりと云ふ。黄昏《たそがれ》金兵衛に行かむとする途次長垂坂《なだれざか》上にて杵屋六左衛門《きねやろくざえもん》洋装自転車に乗り来れるに逢ふ。立談五六分にて別る。金兵衛にて凌霜子よりその家人の焼きたる西洋菓子を貰ふ。清潭子《せいたんし》と懇話す。帰途月色奇明。虫声雨の如し。

上野動物園の猛獣はこの程毒殺せられたり。帝都修羅の巷となるべきことを予期せしがためなりと云ふ。夕刊紙に伊太利亜政府無条件にて英米軍に降伏せし事を載す。秘密にしてはゐられぬためなるべし。

〔欄外朱書〕英米軍伊国ヲ征伏ス

九月廿八日。晴。晩に陰。来十月中には米国飛行機必ず来襲すべしとの風説あり。上野両国の停車場は両三日この方避難の人達にて俄に雑遝《ざつとう》し初めたりと云ふ。余が友人中には田舎に行くがよしと勧告するもあり。著書および草稿だけにても田舎へ送りたまへと言ふもあり。生きてゐたりとて面白くなき国なれば焼死するもよし、とは言ひながら、また生きのびし武断政府の末路を目撃するも一興ならむと、さま〴〵思ひわづらひ未《いまだ》去留を決すること能《あた》はざるなり。

九月廿九日。くもりて暗し。午後物買ひにと銀座に行く。路傍に土俵を積みまたは土を積みたる上に草を植ゑたるもあり。この頃の雨に土流れ出で泥濘《でいねい》沼の如くになりしところもあり。洋品店呉服店多く戸を閉ざし一見荒廃の光景国家既に滅亡せしが如し。

十月十二日。晴。招魂社祭礼近くなりて市中電車の雑遝すること例年の如し。午後浅草を歩み新橋に飯す。月色清奇なり 九月幾望なるべし

数日前より毎日台所にて正午南京米《なんきんまい》の煮ゆる間仏蘭西訳の聖書を読むことにしたり。米の煮ゑ始めてよりよくむせるまでに四五頁をよみ得るなり。余は老後基督《キリスト》教を信ぜんとするものにあらず。信ぜむと欲するも恐らくは不可能なるべし。されど去年来余は軍人政府の圧迫いよ〳〵はなはだしくなるにつけ精神上の苦悩に堪えず、遂に何らか慰安の道を求めざるべからざるに至りしなり。耶蘇教は強者の迫害に対する弱者の勝利を語るものなり。この教へは兵を用いずして欧洲全土の民を信服せしめたり。現代日本人が支那大陸および南洋諸島を侵略せしものとは全くその趣を異にするなり。聖書の教うるところ果してよく余が苦悩を慰め得るや否や。他日に待つべし。

十月十三日。くもり勝なる暮秋の空雨になるかと思ひしに、昨夜に優《まさ》る月夜となりぬ陰暦九月の幾望なるべし芝口に行き夕餉して後直に帰り断腸亭日記副本三四巻を装綴《そうてい》す。

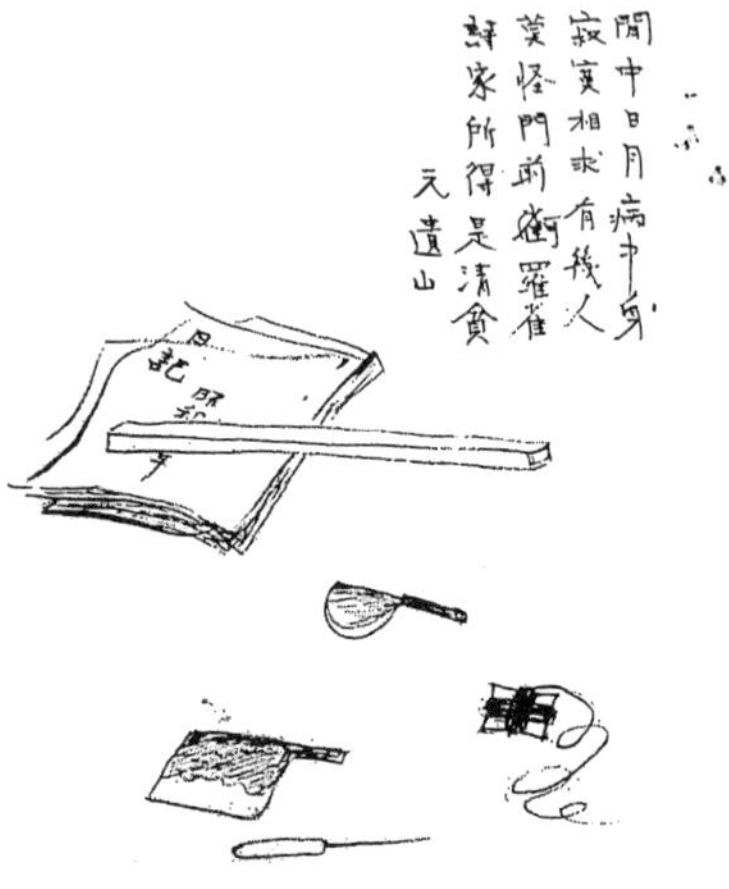

十月十六日。食料の欠乏日にまし甚しくなれり。今日隣組よりとゞけ来りし野菜は胡瓜《きゆうり》わづかに三本なり。これにて今日明日二日間の惣菜となすなり。青物の配給一人分三十匁《もんめ》にて二日置なり。子供のある家にては母親米飯を子供に与ふるがためおのれは南瓜《かぼちや》をゆで塩をつけて飢をしのぐ事多しと云ふ。満足に米飯を食する家稀なりと云ふ。晩間金兵衛に至り夕餉を喫す。歌川氏新妻を伴ひて来るに逢ふ。料理番より薩摩芋を貰ふ。水気少く甘味あるは金時といひ水芋

の味なきはおいらんと称《とな》ふる由なり。帰途月よし。

十月念七（二十七日）。（抄）晴れて好き日なり。ふと鷗外先生の墓を掃かむと思ひ立ちて午後一時頃渋谷より吉祥寺行の電車に乗りぬ。先生の墓碣《ぼけつ》は震災後向嶋興福寺よりかしこに移されしが、道遠きのみならずその頃は電車の雑沓殊にはなはだしかりしを以て遂に今日まで一たびも行きて香花を手向けしこともなかりしなり。歳月人を待たず。先生逝き給ひしより早くもこゝに二十余年とはなれり。余も年ゝ病みがちになりて杖を郊外に曳き得ることもいつが最後となるべきや知るべからずと思ふ心、日ごとに激しくなるものから、この日突然倉皇《そうこう》として家を出でしなり。（中略）吉祥寺の駅にて省線に乗換へ三鷹といふ次の停車場にて下車す。構外に客待ちする人力車あるを見禅林寺《ぜんりんじ》まで行くべしと言ひてこれに乗る。車は商店すこし続きしところを過ぎ一直線に細き道を行けり。この道の左右には新築の小住宅限り知れず生垣をつらねたれど、皆一側《ひとかわ》並びにて、家のうしろは雑木林牧場また畠地広く望まれたり。甘藷葱《かんしょねぎ》大根などを栽《う》ゑたり。車はわづか十二三分にして細き道を一寸《ちょつと》曲りたるところ、松林のかげに立てる寺の門前に至れり。賃銭七十銭なりと云ふ、道路より門に至るまで松並木の下に茶を植えたり。その花星の如く二三輪咲きたるを見る。門には臨済三十二世の書にて禅林寺となせし扁額を挂《か》けたり。葷酒不許入山門となせし石には維時文化八歳次辛未春禅林寺現住旹宗謹書と勒《ろく》したり。門内に銀杏と楓との大木立ちたれど未だ霜に染まず。古松緑竹深く林をなして自《おのずか》ら仙境の趣をなしたり。本堂の前に榧《かや》かとおぼしき樹をまろく見事に刈込みたるがあり。本堂は門とは反対

北多摩郡三鷹町下連雀
禪林寺本堂

の向《むき》に建てらる。黄檗《おうばく》風の建築あまり宏大ならざるところ却て趣あり。簷辺《えんぺん》に無尽蔵となせし草書の額あり。臨済三十二世黄檗隠者書とあれど老眼印字を読むこと能はざるを憾《かな》しむ。堂外の石燈籠に元禄九年丙子臘月の文字あり。林下の庫裏に至り森家の墓の所在を問ひ寺男に導かれて本堂より右手の墓地に入る。檜《ひのき》の生垣をめぐらしたる正面に先生の墓、その左に夫人しげ子の墓、右に先考の墓、その次に令弟および幼児の墓あり。夫人の石を除きて皆嘗《かつ》て向嶋にて見しものなり。香花を供へて後門を出でゝ来路を歩す。

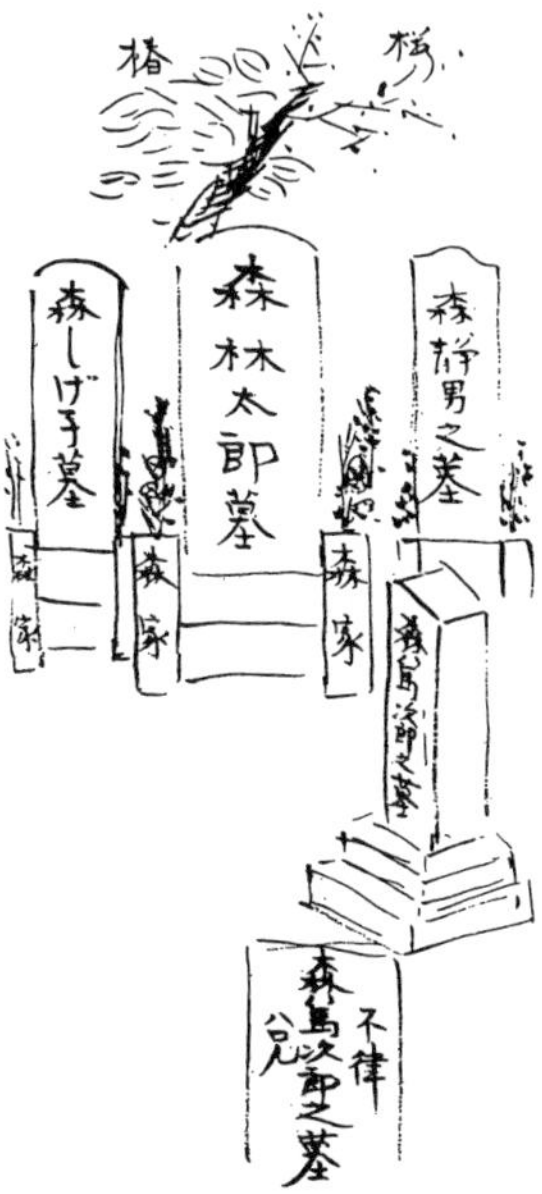

十二月卅一日。今秋国民兵召集以来軍人専制政治の害毒いよ〳〵社会の各方面に波及するに至れり。親は四十四五才にて祖先伝来の家業を失ひて職工となり、その子は十六七才より学業をすて職工より兵卒となりて戦地に死し、母は食物なく幼児の養育に苦しむ。国を挙げて各人皆

重税の負担に堪えざらむとす。今は勝敗を問はずただ一日も早く戦争の終了をまつのみなり。しかれども余ひそかに思ふに戦争終局を告ぐるに至る時は政治は今よりなほはなはだしく横暴残忍となるべし。今日の軍人政府のなすところは秦の始皇の政治に似たり。国内の文学芸術の撲滅をなしたる後は必づ劇場閉鎖を断行し債券を焼き私有財産の取上げをなさでは止まさるべし。斯《か》くして日本の国家は滅亡するなるべし。
〔欄外朱書〕疎開ト云フ新語流行ス民家取払ノ〓《こと》ナリ

いよいよ冴えない年頭である。食料不足で外食もままならず、ほぼ自炊の日々に突入する。考えれば今までのシングル自炊は都会の恵みに大きくあずかっていた。近所の炭屋や米屋もよくしてくれていた。お正月は家族ある人の祝祭で、荷風はいつにもまして真のひとりである。台所で火をおこし、冷たい水で米を磨ぎ、やれやれと煙草で一服するときには、もはや日暮れとなる。「ただ生き」るのみの味気ない毎日がつづく。

それでも本を愛する荷風には心に薔薇色の窓がある。そこから時に光が射す。正月二日にフローベルの若書きの作品「十一月」を読みとおした。彼の著名な小説としては『ボワリイ大人』があるが、あの平坦で清楚な文章は、若い頃の華やかなきらきらした文章から生まれたのだと、つくづく感じ入った。「文章の絢爛さながら錦繡のごとし」という荷風のことばが、ようやく新春らしく花やぐ。愛する本から希望が湧く。

いろいろな人が荷風を気づかい助けてくれる。音楽家の菅原明朗はオペラの脚本づくりで知りあい、以降も荷風のたいせつな後ろ盾となる。実業家の相磯凌霜《あいそりようそう》は純な荷風ファンで、ゆたかな食料を送ってくれる。鷗外令嬢の小堀杏奴《あんぬ》も、夫の画家ともども荷風を心配する。そこにこの年から一人、謎めいたうら若い女性が加わる。名は阿部雪子。二月十四日に彼女から貴重なようかんをもらった、と書かれる。フランス語を学び、上野の国宝調査会につとめていた知的な女性らしい。荷風の伝記で長らく看過されていた彼女のことは、高橋俊夫氏の随想『文人荷風抄』が初めて荷風の大切な人として目をそそぐ。

そういえば雪子という名は、荷風にはなつかしい慕わしい名である。『濹東綺譚』のヒロインはお雪さん。お雪とおなじく阿部雪子も北国出身らしく、のちに宮城に疎開した彼女はそこから荷風に、東京で払底するちり紙や下駄など送っていて愛らしい。彼女と知りあった頃に執筆をはじめた荷風の小説にめだって、雪にちなむ名の女の子が登場するのも気になる。昭和十八年秋に筆をとった『踊子』で、ヒロインの生む赤ちゃんの名は雪子。十九年秋に書きはじめた長篇小説『ひとりごと』（戦後に『問はずがたり』と改題して出版）で、主人公は四歳のときから知る娘のように年下の女性と通ずる。彼女の名が雪江である。雪子や雪江の名には、そっとうら若い阿部雪子のイメージが託されているのかもしれない。

二月。ガス風呂を焚くのも病人だけに限られる。さっそく荷風は土州橋のホームドクターに必要な診断書を書いてもらう。こういうところは慎重だ。町内の防火訓練に出るのがいやな荷風は、従弟にたのみ、知り合いの芸人に仕事として「代人」をたのんでいる。経済の力をよく知る荷風は、こうした抜け道をつかうのに躊躇ない。

四月。よゆうある民家に強制的に「間貸し」を命ずることが始まった。ひとりで洋館に住むお宅など危ない、目をつけられますよと隣家の手伝いの老女にささやかれ、荷風は暗然とする。この頃から偏奇館を出てアパート暮らしをすることも考える。

五月はみどりの薫風吹く大好きな季節。まだ浮き浮きすることができた。あたたかさに足取りも軽く、浅草オペラ館の踊り子たちを誘って、フランス映画『白鳥の死』を見た。トーキーのフランス語の響きを耳にするだけで、彼の地に遊んだ青春を思い出し、つかのま幸せな気もちになる。五月二十五、六日。そろそろ梅雨に入る。こまかな雨がよく降った。わずかな晴れ間に、しっとりと雨に濡れた庭の草花がよく香る。偏奇館のシンボルツリーの大きな椎の木に花がたわわに咲く。アメリカで好きになった忍冬《にんどう》つまりスイカズラはじめ、うすべに色の花がひらく丁子や桂の花もよく匂う。米を磨ぐ台所の軒下の地面には、こぼれた米粒を探すかわいい子すずめがさえずる。椎の木の下に椅子を置いて読書できる、いい季節になった。雨のことば――「細雨」「積雨」がデリケートである。花の香りを言う「馥郁」「幽香」も麗しい。

六月は椎の木がうっそうと繁り家の中が暗くなるので、植木屋が来る。あらためて数えれば偏奇館の暮らしも二十数年。その間に植木屋は三度変わった。今の植木屋は善太という名で、妻はクリスチャン。初めての植木屋は妻も娘も結核で亡くし、仕事をしていても悲しみでぼうっとしていたっけ。――と次々に四人の植木屋の運命を思いだす。魅惑的な芸者や踊子のみではない。ふだんから荷風が、身のまわりに関わる市井の無名人の話によく耳をかたむけていたことが解る。もしもっと元気だったら、わが家の大きな椎の木をめぐる植木屋列伝を書きたかった、という感慨はいかにことばがある。「橐駝師《たくだし》」ということばがある。も木と庭を愛する作家らしい。六月十六日のこうした感慨の中に「橐駝師《たくだし》」ということばがある。植木屋や庭師を指す。何だか立派な言い方だ。初めて荷風に教えてもらった。

七月五日は久しぶりに「日本人」という人種への激越な批判が火を噴く。攻撃の的は戦下に官が押し付ける変てこな言葉、「忠孝」なる偽善、せこくてダサい小ウソで固めた「愛国」の精神。それに最近よく聞く「大東亜」なる地域名の阿呆くさいこと……！　自分で自分を誇示して何でもかんでも〈大〉の字をつけるのは、そもそも「北米人」の癖である。敵とにらむアメリカ人の真似をするとは笑える、と荷風の毒舌は久々にタフにひるがえる。老いた、と時にしょんぼりする六十四歳の荷風。からだの機能はいざ知らず、黄金の舌は全く老いていない。

八月三日も舌は元気だ。各家に防空壕を掘る命が出た。へっとバカにする。この間まではもし空襲があったら押し入れに入れ、と言っていたではないか。庭に掘るていどの「穴」なんか、すぐ崩れよう。政府の方針はすべて場当たり、その下らなさは哀れに思えるほどだと皮肉る。

九月はイギリス・アメリカ軍がイタリアを征服した。ここから一気に戦況は悪化する。本土空襲の可能性がささやかれる。荷風にもいよいよの覚悟があったものか、十月には遠くて今まで行けなかった三鷹は禅林寺の森鷗外の墓におもむく。いったい荷風は戦争の末期に鷗外を思うことしきりである。鷗外を読む。墓石に参る。ちなみに父の墓参りは戦争中、欠かすことが多い。戦争がいよいよ鼻先に迫る。父より大きな鷗外の影が、荷風の心の柱として立つ。具体的に戦争と鷗外への思いがどうかかわるのか。これから研究されるべき荷風の大切な内面の世界である。

しんぼう強く、荷風は以前からフランス語で聖書を読んでいて、それはこの年もつづく。おそらく物語性ゆたかな旧約聖書のみならず、イエスの愛の教えを説く新約聖書まで読み進めている。十月十二日には台所で「南京米」の炊けるまでの時間を利用し、聖書を読む荷風の姿がつづられる。一族がクリスチャンで、自分だけみそっかすだった。開明的な明治社会をつくった人々を魅了したキリスト教の本質とは何か——。ようやく少し見えてきた気がする。それは「弱者」に寄りそう力のある宗教なのではないか。それに対して明治初期以後、日本はいわば「強者」の力をよしとした。それが今回の敗因なのではないか。米の炊ける湯気のなかで印象的な思考がかがやく。

この年さいご——十二月三十一日は、「今は勝敗を問はず」一刻も早い戦争の終わりを待つ、という願いで結ばれる。

昭和十九年の『断腸亭日乗』より（抄録の場合は（抄）といたしました）

一月十八日。晴。昨夜より風邪気味なり。午後歌川氏細君訪ね来りて鶏卵菓子を餽《おく》らる。日も暮近き頃電話かゝりて十年前三番町にて幾代と云ふ待合茶屋出させをきたるお歌たづね来れり。その後再び芸妓になり柳橋に出てゐるとて夜も八時過まで何やかやはなしは尽きざりき。お歌中洲の茶屋弥生の厄介になりゐたりし阿部さだといふ女と心やすくなり今もつて徠往《ゆきき》もする由。現在は谷中初音町のアパートに年下の男と同棲せりと云ふ。どこか足《た》りないところのある女なりと云ふ。お歌余《よ》と別れし後も余が家に尋ね来りし事今日がはじめてにはあらず。三四年前赤坂氷川町辺に知る人ありて尋ねし帰りなりとて来りしことあり。思出せば昭和　一年の秋なりけり一円本全集にて意外の金を得たることありしかばその一部を割きて茶屋を出させやりしなり。お歌今だにその時の事を忘れざるにや。その心の中《うち》は知らざれど老後戦乱の世に遭遇し独り旧廬《きゆうろ》に呻吟する時むかしの人の尋来るに逢ふは涙ぐまるゝまで嬉しきものなり。この次はいつまた相逢うて語らふことを得るや。もし空襲来らば互にその行衛を知らざるに至るべし。しからずとするも余はいつまでこゝにかうして余命を貪り得るにや。今日の会合が最終の会合ならんもまた知るべからず。これを思ふ時の心のさびしさと果敢《はか》なさ。これ人生の真味なるべし。

〔以下朱書〕松過ぎて思はぬ人に逢ふ夜かな

二月初一。晴。風あり。寒気はなはだし。連日小説執筆。

二月初二。晴。寒弥《いよいよ》はなはだし正午華氏三十八度小説踊子の草稿大半筆にするを得たり。暁四時寝に就く五叟方よりパンを貰ふ

二月十一日。晴。午後淩霜子来り日ゝ惣菜に困りたまふならんとてその家人の料理せしものを壜詰にして携へ来りて饋らる。燈下小説踊子の稿を脱す。添刪《てんさん》暁の四時に至る。数年来浅草公園六区を背景として一編を草せんと思ひゐたりし宿望、今夜始めて遂ぐるを得たり。欣喜《きんき》擱《お》くべからす。

三月卅一日。（抄）昨日小川来りて、オペラ館取払《とりはらい》となるにつき明日が最後の興行なれば是非とも来たまへと言ひてかへりし故、五時過夕餉《ゆうげ》をすませ地下鉄にて田原町より黄昏の光をたよりに歩みを運ぶ。二階踊子の大部屋に入るに女達の鏡台既に一ツ残らず取片づけられ、母親らしき老婆二三人来り風呂敷包手道具雨傘など持去るもあり。八時過最終の幕レヴューの演奏終り看客立去るを待ち、館主田代旋太郎一座の男女を舞台に集め告別の辞を述べ楽屋頭取長沢一座に代りて答辞を述る中感極り声をあげて泣出せり。これにさそはれ男女の芸人凡《およそ》四五十人一斉に涙を啜りぬ。踊子の中には部屋にかへりて帰仕度《かえりじたく》しつゝなほしく〱泣くもあり。各《おのおの》そ

の住処番地を紙にかきて取交し別《わかれ》を惜しむさま、数日前新聞紙に取払の記事出《い》でし時余窃《ひそか》に様子を見に来りし時とは全く同じからず。余も覚えず貰泣せし程なり。回顧するに余の始めてこの楽屋に入込み踊子の裸になりて衣裳着かふるさまを見てよろこびしは昭和十二年の暮なれば早くも七年の歳月を経たり。オペラ館は浅草興行物の中真《まこと》に浅草らしき遊蕩無頼《ゆうとうぶらい》の情趣を残せし最後の別天地なればその取払はるゝと共にこの懐しき情味も再び掬《きく》し味ふこと能《あた》はざるなり。余は六十になりし時偶然この別天地を発見しある時は殆《ほとんど》毎日来り遊びしがそれも今は還らぬ夢とはなれり。一人悄然として楽屋を出るに風冷なる空に半輪の月泛《うか》びて路《みち》暗からず。地下鉄に乗りて帰らんとて既に店を閉めたる仲店を歩み行く中涙おのづから湧出で襟巻を潤し首は又おのづから六区の方に向けらるゝなり。

四月十日。陰。桜花未《いまだ》開かず世間寂《じゃく》として死するが如し。食料品の欠乏日を追うてはなはだしくなるにつれ軍人に対する反感漸《ようや》く激しくなり行くが如し。市中到《いた》るところ疎開空襲必至の張札を見る。一昨年四月敵機襲来の後《のち》市外へ転居するものを見れば卑怯と言ひ非国民などゝ罵《ののし》りしに十八年冬頃より俄《にわか》に疎開の語をつくり出し民家離散取払を迫る。朝令暮改笑ふべきなり。又本年三月より芸者商売中止の命令ありしに一個月を出ずして警察署にては芸妓の酒席に招かるゝを禁じ小待合にて客の枕席《ちんせき》に侍することを公然認可するに至りしと云ふ。事の是非は姑《しばら》く措きて論ぜず政策の愚劣野鄙《やひ》なること殆《ほとんど》口にするに忍びざるものあり。軍人輩の施政皆この類に非《あ》らざるはなし。

四月十二日。晴。谷口氏に草稿を郵送す。桜花開かざるに隣家の白き木蘭連翹《れんぎよう》の花さき出せり。紅白の山椿満開なり。

四月三十日　日曜日。正午驟雨《しゆうう》雷鳴須臾《しゆゆ》にして晴る。青山学院前赤坂税務署に至り帰途歩みて高樹町を過ぐ。日の光既に烈しく汗出るほどなり。今年は彼岸の後春風駘蕩たる日は一日もなく遂に忽然《こつぜん》新緑の時節とはなれるなり。途中花屋の窓に西洋草花多く並べたるを見一鉢を購《あがな》ひて帰る。

五月廿七日。雨ふる。この頃鼠の荒れ廻ることはなはだし。昼の中も台所に出で洗濯シヤボンを引行く程なり。雀の子も軒にあつまり居て洗流しの米粒捨てるを待てるが如し。むかしは野良猫いつも物置小屋の屋根の上に眠り折ゝ庭の上に糞《ふん》をなし行きしがいつよりともなくその姿を見ぬやうになりぬ。東亜共栄圏内に生息する鳥獣饑餓の惨状また憫むべし。燕《つばめ》よ。秋を待たで速《すみやか》に帰れ。雁《がん》よ。秋来るとも今年は共栄圏内に来る莫《なか》れ。

六月廿九日。（抄）今年も早く半《なかば》を過ぎんとす。戦争はいつまで続くにや。来るぞ来るぞといふ空襲もいまだに来らず。国内人心の倦怠疲労今正《まさ》にその極度に達せしが如し。世人は勝敗に関せず戦争さへ終局を告ぐれば国民の生活はどうにか建直るが如く考ふるやうなれどそれもその時になつて見ねばわからぬ事なり。欧洲第一次大戦以後日本人の生活の向上せしはこれを要するに極東に於《お》ける英米商工業の繁栄に基《もとづ》きしものなり。これ震災後東京市街復興の状況を回顧すれば自《おのずか》ら明かなるべし。しかるに今日は世界の形勢全く一変したり。欧洲の大地に平和の恢復《かいふく》する日来る事あるも極東の商工業がただちに昨日の繁栄を齎《もたら》し得べきや否や容易に断言し得べからず。とにかく東京の繁華は昭和八九年を以て終局を告げたるものと見るべし。文芸の一方面について論ずれば四迷鷗外の出でたる時代は日本文化の最頂点に達せし時にしてこは再び帰り来らざるものなり。

七月卅一日。近日厳戒令下る時は随意に外出することもむづかしくなるべしと言ふものあり。しかる時は平生親しく交りし友人と款語《かんご》の楽しみを得ることもまた為《な》し難きものとなるなり。余今日まで人と雑談することをさして面白しともせず。孤独の身を悲しむこともはなはだ稀なりしが今年はいかなる故にや。日と共に老の迫り来れるためにや。この三四月の頃より折々無限の悲愁と寂寞《せきばく》とを覚え孤燈の下に孤坐するに堪えざるが如き心地するやうになれり。一昨夜は東中野に菅原氏を訪ひしが今宵は夕刻より杵屋《きねや》五叟《ごそう》を代々木の家に訪ひぬ。その次男と娘一人八月中旬には小学生強制避難のため静岡に送らるゝ由。夜半月中に帰る。

八月初四。南瓜《かぼちゃ》の蔓《つる》塀より屋根に這上り唐もろこしの穂の風にそよげるさま立秋の近きを知らしむ。蔵書を曝《さら》すべき日なれど今年はいつ兵火に焼かるゝや知れずと思へば座右のもの少しばかり曝して止みぬ。明治の文化も遠からず滅亡するものと思へば何事をなす元気さへなし。ただ絶望落胆愛惜の悲しみに打たるゝのみ。日本人の過去を見て思ふに日本の文化は海外思想の感化を受けたる時にのみ発展せしなり。仏教の盛《さかん》なりし奈良朝の如き儒教の盛なりし江戸時代西洋文化を輸入せし明治時代の如き皆これを証するものならずや。海外思想の感化衰ふる時は日本国内は必ず兵馬倥偬《こうそう》の地となるなり。戦乱を好む事はこの国民の特質なるべし。平和を重んじたる江戸時代に於いて戦争をなす事能《あた》はざる時都会にては消化人夫町火消の争闘あり。地方の村邑《むらむら》には博徒の喧嘩絶る暇なし。この度の戦争はその原因の遠く西郷南洲の征韓論に萌芽せしものと見るも過ちにはあらざるべし。晡下《ほか》混堂に浴して後夕涼かたがた市中民家取払ひの跡を見むとて電車にて浅草雷門に至るに、暮方の空なほ明るければ六月十五夜とも思はるる円き月薄赤き色をなし対岸枕橋の上に登らんとせり。ビール会社の塀外より吾妻橋のたもとまで群集例の如く列をなしたり。東武鉄道の構内に入り窓より川の景色を眺めつゝ大師前行の電車の来るを待ちこれに乗りて曳舟通《ひきふねどおり》より玉の井辺取払跡の光景を見むと思ひゐたりしに午後七時突然警戒のサイレンの鳴出るを聞く。玉の井の娼家は警報発せらるゝ時は窓を閉めて休業する由聞きゐたれば行きて見るもせん方なしと構内を去つて街に出るに、六区の興行物警報と共に閉場したりと見え公園に接する凡《すべ》ての横町より群集俄にあふれ出でゝ四方に散乱す。吾妻橋際の広場より橋の上は群集の衣服にて見渡すかぎり白き布をひろげたるが如し。市電の停留場もまた雑遝《ざつとう》して車来るも乗るべからず。折から黄昏の光漸《ようや》く薄らぎ満月の高く登るにつれてその光次第に冴え騒然たる街上に輝きそめたり。川風吹きつゞきて涼しさ言はん方なし。漸くにして銀座行の電車に乗る。月色清奇なれば浅草橋をわたる時馬喰町《ばくろちょう》四辻また柳橋《やなぎばし》両岸民家取払の跡一目によく見わたされたり。左衛門河岸《さえもんかし》柳原通もまた既に空地となり終れり。昔土手なりし柳原に人家の建ちて町となりしは明治十二三年頃とか聞きしことあれば六十余年にしてもとの如くになりしなり。

八月初七。（抄）晴雨定りなし。暴風模様《あらしもやう》の降りかたなり。正午過電話にて問合せをなし日本橋四辻の赤木屋に至りて六月中押売せられし債券三百円を現金に換《か》ふ。日本橋より銀座通を通行する女店員事務員の姿いづれもシヤツ一枚に腰巻同様なる地薄のスカートまたはヅボンを穿《うが》

ちしのみなれば逞しき肉附露出し、恰《あたか》もレビュウの舞台を見るが如く、電車の中にては股を開いて腰を掛けたる形また一奇観なり。

・八月十日。晴。午前五叟その次男を伴ひて来り話す。次男明日伊東へ避難すとて告別に来りしなり。この日炎暑忍ぶべからず。夜浅草を歩す。六区の興行町も薄暗く人の行来少く観音堂の周囲は真の闇なり。帰途地下鉄に乗らんとて松屋の建物に入るに東武電車より降り来る人々群をなせり。老弱男女一人として野菜の荷を負はざるはなし。中には醜《みに》くからぬ女もあり。道傍にしやがみ短きスカートの間より太腿の見ゆるも恥《は》ぢず風呂敷包を結び直してゐる縮髪の若き女二人あり。ふとその顔を見れば曾《かつ》てオペラ館また江川劇場の楽屋にて見知りたる姉妹の踊子なり。羽生《はにゆう》に親類あれば野菜の買出しに行きたる帰りなりとて風呂敷包より惜気もなく胡瓜四五本取出し持つていらつしやいと言ふ。ただで貰つてはすまないからとて無理やりに五円札一枚を返礼にして別れたり。虎の門にて地下鉄より町に出るに金毘羅《こんぴら》の縁日にて夜も早や十時過なるに町の片側に植木屋の店連《つらな》りて涼みながらに遊歩するもの少《すくな》からず。草花携《たずさ》へて電車に乗り込むものもあり。都人の風懐よろこぶべし。

九月初五。晴。人の噂によれば代〻木千駄ケ谷あたりにては便所掃除人来らざるため自分の家の便処は自分の手にて始末をすることになり奥様もおかみさんもめい〳〵汚穢屋になり空地へ掘りたる穴の中へ汚物を捨てに行く由なり。このあたりの疎開地はこれがため臭気はなはだしくまた夜になれば野犬出没して通行人を嚙みしこと既にたび〳〵なりと云ふ。軍人政府の末路ます〳〵憐むべく笑ふべし。月明水の如し。

十月初七。風雨歇《や》まず。簞笥町に崖くづれあり。

街談録

一頃日地下鉄道乗客の被害頻〻たり。運転手その他の従業員年齢十八九の者多く不馴《ふなれ》のためなる由。過日三越前神田駅の間にて電車疾走中横ざまに倒れ乗客即死の者弐拾名重傷者数十名におよびし由。新聞は例の如く沈黙せり。

一九月十九日正午頃より二時間ばかり警戒警報ありしは米国飛行機四十台三宅島に来襲せしが日本守備隊および海軍飛行機のために撃退せられし事ありしためなり。この事も新聞紙に出ず秘密にせられしと云ふ。世の成行は大小に係らず凡《すべ》て秘密にせられ何が何やら訳はわからず。現内閣顚覆《てんぷく》の陰謀も既に一二回露見せし事ある由なり。

十月初八日曜日積雨始めて霽《は》る。南風なほ歇《や》まず日の光夏の如し。裏庭に隣りの柿昨夜の風雨に多く落ちたり。拾ひて食ふに渋なくして甘し。世の噂に今日および十九日の両日電話使用禁止。犯す時はその後三日間通話差止めるなりと云ふ。夕暮我善坊の崖に物捨てむとて宮様裏の小道に行くに崖下なる貧家の子供七八人塀を攀《よ》ぢ宮様の裏庭に忍び入り椎《しい》の実を拾ひ集めて食へり。子供の中には破れしズロースのみにて殆真裸なるもあり。顔色蒼白一見して欠食児童なるを知る。麻布の町のこのあたりにては戦争以前には決して見ざりしところなり。

十一月廿九日。（抄）空曇り月影暗淡たり。家に入り炭火を吹きおこして茶を喫せむとする時警報あり。雨またふり来る。砲声爆音轟然として窓の硝子をゆする。窓より外を見るに東北の空紅色に染りたり。その方角より考ふるに丸の内辺爆撃せられしなるべし。砲声爆音一時沈静して再び起る。暁明《ぎようみよう》におよびて始めて歇む。夜寒くして雨歇まざれば庭に掘りし穴には入るべくもあらず。押入の内も寒《さ》むければ平常の如く夜着引きかぶりて臥《ふ》したり。

十二月初一。雨ふりつゞきて歇まず。家の中暗きこと黄昏の如し。庶民涙の雨なるべしと言ふものあり。相磯《あいそ》凌霜子電話あり。日本橋三越前あたりより茅場町まで焼亡。田毎美都江移動劇場女優北海道より来書。枕上フェヌロンのテレマックをよむ。

十二月初三　快晴日曜日老眼鏡のかけかへ一ツくらい用意しをかむと思ひて昼飯して後《のち》外出の仕度する時警報発せられ砲声殷々《いんいん》たり。空《むな》しく家に留る。晡下《ほか》警報解除となる。今日は余が六十六回目の誕生日なり。この夏より漁色の楽しみ尽きたれば徒《いたずら》に長命を歎《たん》ずるのみ。ただこの二三年来かきつゞりし小説の草稿と大正六年以来の日誌二十余巻だけは世に残したしと手革包に入れて枕頭に置くも思へば笑ふべき事なるべし。夜半月佳し。

十二月十七日　日曜日。晴。浅草に年の市立つ日なれど北風吹きすさみて寒さはなはだしければ終日蓐中《じよくちゆう》に在り鷗外先生の即興詩人をよむ。晩来風歇みしが寒気愈《いよいよ》はなはだしく一二月の夜の如し。水道蛇口の暁方に氷結して裂けんことをおそれ深夜起きて水の滴るやうにして再び眠りぬ。警報なし。

十二月廿六日。昼夜警報なく晴れて寒からず。終日蓐中に審美綱領《しんびこうりよう》をよむ。晡下代々木より葱《ねぎ》一束を貰ふ。今月に入り空襲頻々《ひんぴん》となりてより午後洗湯に行く時の外殆《ほかほとん》ど門を出でず。色欲消滅したれば色町を歩む必要もなく、また市中を散策して風俗を観るたのしみをも求むる心薄らぎたり。毎日家に在るも炭乏《とぼ》しければ朱泥の小さき手あぶりに炭団《たどん》の破片を埋め炬燵《にたつ》のかはりにして読書に日を送るのみなり。炊事と掃除にいそがしき時は折々顔も洗はず鬚も削《そ》らぬことあり。破れし古洋服寝る時も着のみ着のまゝにて爺むさきことはなはだしくただ虱《しらみ》の湧くことを恐るゝのみ。来訪者は二三の旧友のみにて文士書賈《しよこ》その他の雑賓《ざつぴん》全く跡を断ちたれば、余が戦時の生活は却て平安無事となりたり。加ふるに日々の食事のはなはだしく粗悪なるもこれまた老後の健康には美食よりも却てよきやうに思はるる程なれば、銀行の貯金と諸会社よりの配当金従来の如くならんには、余が老後の生涯はさして憂ふるにはおよばざるべし。

十二月廿八日。晴。空襲昼夜にわたりて三回あり。その一《いつ》山谷町の洗湯にて沐浴せし時なり。急ぎ衣を纏《まと》ひてかへる。西光寺崖下を過《よぎ》るにこの辺の裏長屋も追々取払ひになると見え、荒廃せる家屋の中には人影なきところあり。余が家の崖下簞笥《たんす》町の小径もまた同じ有様なり。軍部は帝都を焦土となして勝敗を決すべしと言ひしにあらずや。満都火となるものなれば山の手の裏町の如きは焼亡するその際までその儘になし置くも大局に於て差閊《さしつかえ》なかるべきに、何の意向なるや解しがたし。歳暮に迫りて無辜《むこ》の細民をその家より追ふ。残酷もまたはなはだしからずや。

十二月廿九日。時〻陰。午後日本橋辺の焼跡を見歩き土州橋病院に至り健康診断を請ふ。別条なしと言ふ。看護婦取締島津さん大正五六年よりの旧知己なり。沼津の親類より餅を貰ひたればとて数片を分ち恵まる。日早く晡《ほ》なれども街上行人《こうじん》少く電車ははなはだしく雑遝せず、満都荒廃の状あはれむべし。夜十時および深夜二時過サイレンの鳴るを聞く 後に聞く浅草蔵前辺焼亡と云

十二月卅一日。晴また陰。夜十時警報あり。須臾《しゆゆ》にして解除。代〻木より鶏肉とゞく。一羽五十円なりと云ふ。夜半過また警報あり。砲声頻《しきり》なり。かくの如くにして昭和十九年は尽きて落《らく》寞《ばく》たる新年は来らむとするなり。我邦開闢《かいびやく》以来曾《かつ》て無きこととなるべし。これ皆軍人輩のなすところその罪永く記憶せざるべからず。

新年は、かつての愛人の関根歌が思いがけなく訪れる。無心によろこぶ。近く東京が空襲に襲われるといううわさも聞く。そうなったら互いの行方もわかるまい。なつかしく話をするのも今日が

さいごかもしれず、その儚い貴重な感じも人生の味であろうと感じ入る。

かねて着手する浅草ダンサー小説『踊子』を連日、さらに激しく書きつづける。二月なかばに完成する。「宿望」はかなえられた。手ばなしで嬉しがる荷風である。彼の作品の仕上げ方は愛がこもる。いったん書いた『踊子』をさらに綺麗に「浄写」する。改めて書き写しながら、こころに自身の作品が乗り移る大切な時間を過ごす。

『踊子』の舞台である浅草オペラ館は、この年の一月半ばに踊子も数人しかいない状況となった。戦争中の荷風をなぐさめてくれた娯楽場が消える前に、作品を完成させたかったのだろう。愛する場所の消滅をさとる荷風のカンはいつも鋭い。果たして三月末にオペラ館は「取払」が決まり、さいごの興行に荷風は出向く。今まで何事にもあっけらかんとしてドライに見えた若い踊子たちは互いに抱きあい泣きむせび、荷風も泣いてしまう。帰り道も涙は止まらない。オペラ館の方角をふりむいては、夜の寒さを恐れて巻いていたえりまきも濡れるほど、泣く。

つづく四、五、六月はそれでもまあ、平穏な日々を暮らす。こうした折にも季節の匂いをかぎ、花を愛するゆとりを忘れない。青山学院の近くを歩いていて、ひと際明るく花々をならべる店の窓を見つけ、西洋花の鉢を買う。ああ、それにつけても戦争はいつ終わるのかと思う。東京の栄えは昭和十年までで終わった。近代日本文化の最高峰はそれ以前、二葉亭四迷と森鷗外の活躍した明治期であったと回顧する。ときどき自身の立つ位置を歴史の波の中に、こうして冷静にかんがみる史家の目が荷風の知性の特色である。

夏七月は一気に世相に悲壮な色がひろがる。空襲がいよいよ目前らしい。火災を予期し、東京の建物は民家をふくめ、類焼を防ぐための強制「取払」がしきりである。都会に空地が増える。さすがの荷風も植木屋に、偏奇館の形だけの防空壕を掘り直してもらう。外出困難となる戒厳令が出るとの風説も、もっぱらである。みんな家に籠もる。そうなると家族のいない荷風は「孤燈の下」で真のひとりである。いや、その燈火さえ消えて暗闇になることが多いであろう。孤独を愛してきた荷風であるが、さすがにシングルが悲観される。老いたため、孤独をまもる意気が衰えたかと嘆く。たしかに平和な世はいいが、戦いの世にシングルはつらく苦しい面が出る。逆にいえばシングル・ライフの謳歌は平和のあかしでもある。

しかしまだまだシングル荷風は健在だ。八月四日の態度は剛毅である。はや秋立つ。乾燥する秋風に書物を曝す習慣があるが、いつ空襲で燃えるかもしれず、最小限の愛書のみを日干しする。かんがみれば日本がゆたかに栄えたのは仏教を受け入れた奈良時代、つづいて儒教を摂取した江戸時代、そして西洋文化を手本とした明治開花時代。「海外思想の感化」を受けたとき、この列島が繁栄する秘儀は歴史が証明する。とすると海外を敵に戦う今の日本は本来の資質にあらず、と分析しつつ夕涼みに散歩する。「市中民家取払」の光景を見学するためである。荷風の若い頃の小説『散柳窓夕栄』を思いだす。江戸にぜいたく禁止令が発動され、急に花街や料亭の取り締まりがおこなわれて人々が恐慌におちいる中、主人公の物語作家・種彦は弟子たちに町をあるこう、歴史に残るこの混乱をよく見ておこうと諭す。つよい作家魂である。

荷風もこの夜、浅草雷門を散歩し、つづいて帰路の浅草六区で冷徹に公衆の混乱を見とどける。とつぜんの空襲警報に右往左往する「群衆」の衣服——おそらく爆撃から身体を守ると当時信じられていた白シャツが、巨大な「白い布」のように広がる様を俯瞰するようなふしぎな視点で見る荷風は、冷酷にして冷厳な作家の氷塊と化す。人間の戦いと無縁に空にかがやく月のみが荷風のしるべだ。

その数日後、あたたかい思い出に恵まれる。暑さに耐えかね、夜の浅草をさんぽする。まだ実際に経験しないから、空襲警報にこりていない。それにさすがの荷風も孤独をもてあつかう。人の中にいたい。折しも東武鉄道の車両からどっと降り立った人波に、かねて見知りの踊り子姉妹がいた。あ、先生。いなかの羽生に買い出しに行ったのよと、荷をほどいて貴重なキュウリをくれる。殺伐たる世の中に何という無垢、無邪気、ありがたい。この夜は虎の門でも金毘羅さまの祭日がふつうに行われていて、戦中も不要不急の年中行事を手ばなさない「都人」の粋に久しぶりに心がはずむ。

ひとりに心が折れそうになっても、荷風は読み、書きつづける。その暮らしを変えないことが「軍人政府」への批判であると信ずる。十月より長篇小説『ひとりごと』を書く。また、成島柳北の西国への紀行文『航薇日誌』の写本を知人より借り、書き写す。その文章の流麗と、柳北の描く幕末日本人のおだやかな誠実な人柄に感服する。

十一月末に丸の内が爆撃された。ここから世界が一変する。ほぼ連日、空襲警報の「サイレン」が鳴る。その前月に荷風の家の近く、貧しい家々の建つ崖下に住む子どもたちが裸に近いかっこうで、人の庭の木の実をぬすみ拾う光景を目にして、いくら何でもこんなことは初めて見ると衝撃を受けていた。もはや街で情報を集められない荷風のために、荷風をあたたかく応援する相磯氏がしばしば電話をかけ、どこが空襲にあったか教えてくれる。浅草蔵前もやられた。敬愛する鷗外の翻訳小説『即興詩人』を読んで、心をしずめる荷風である。この国の歴史に前例のない大きな危機である。これを招いたのが「軍人輩」であることを絶対に忘れてはならぬと、大みそかに厳格に記す。

昭和二十年の『断腸亭日乗』より（抄録の場合は（抄）といたしました）

正月元日。曇りて風なし。華氏四十三度なり。この日誌も今は数重なりて二十九巻とはなりぬ。感慨極りなく却て筆にはし難し。午後杵屋五叟来り夜具衣類を信州知人の家に送りたりと款話《かんわ》刻《とき》を移して昏暮《こんぼ》に去る。この夜空襲なし。

一月廿三日。晴。後に陰。夜種田生信州立退先より来り干柿《ほしがき》玉子馬鈴薯を恵まる。

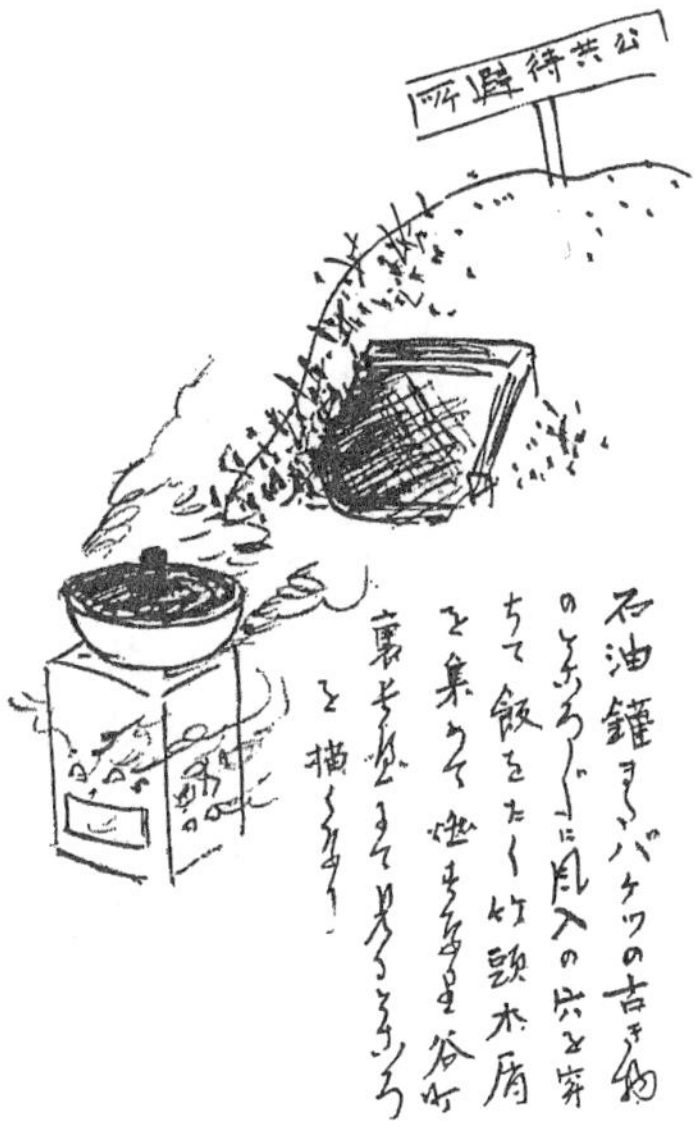

去夏種田生召集せられ琉球の或る島に派遣せられしが銃剣の代りにその形したる木製の棒を与へられしのみ。物資の欠乏真にあはれむべしと語れり。

一月廿四日。晴又陰。午後山谷町の混堂に行く。小役人らしき四十年輩の男四五人その中の一人帳簿を持ち人家の入口に番号をかきし紙片を貼り行くを見たり。霊南坂教会下、石段の雁木《がんぎ》坂《ざか》辺より崖下北側四五丁人家取払ふべき事を示すなり。余《よ》の行き馴れし混堂もまた取払ひとなるなり。東京住民の被害は米国の飛行機よりもむしろ日本軍人内閣の悪政に基くこと大なりといふべし。余が偏奇館もいつ取払の命令を受くるや知るべからず。

一月廿七日。陰。後《のち》に晴。午後一時ころ空襲あり。爆音砲声轟然《ごうぜん》たり。戸外に出づるに銀座辺かと思はるゝ東南の方に当り黒煙《こくえん》濛〻として昇るを見る。三時頃警報解除になりたれば山谷町の洗湯に行く。浴客数人のみ。その語るをきくに、麻布永坂中程より左へ折れし横町に日本の飛行機墜落し人家数軒焼亡《しょうもう》。又数寄屋橋より銀座尾張町および有楽町築地あたり焼亡せし由。夕刻余《よ》が家二階の水道氷結のため蛇口破裂す。数日来華氏三十七八度の寒さなり。

二月十五日。（抄）晴。午後一時半警報。夜初更《しょこう》再警報。燈下仏蘭西翰林院《アカデミー》学士 Louis Bertrand: Les Minutes Heureuses と題する文壇回想記をよむ。年代は余が洋行せし頃にてリヨン、マルセイユ市街の観察をしるせしところあり。曾遊《そうゆう》のむかしを憶《おも》うて暗涙を催す。

昭和二十年の『断腸亭日乗』より

二月十六日。晴。朝八時頃よりサイレン屢《しばしば》ひゞきわたり砲声轟々日暮に至つて纔《わずか》に歇《や》む。但シ爆弾市中には落ちざりし由。昏黒町田信氏来り浅草海苔を恵まる。

二月十七日。晴。日光漸く春らしくなりて裏庭の残雪も解け失せたり。早朝よりサイレン砲声の響きわたること昨日の如し。晡下《ほか》警報始て解除となる。凌霜子より電話あり。昨日横浜の市街空襲に遭ひしと云ふ。夜に入り警報再三におよぶ。

二月廿一日。晴。午後飯倉片町の床屋に行き理髪せむとする時警報発せらる。去年十二月の初めに刈りたる髪なれば今はのびて耳を蔽《おお》ふほどになりしが床屋の主人警防団屯所《とんしょ》に行くとて出で行きたれば空《むな》しく家にかへる。木戸氏庭に佇みて待ちゐたり。日暮阿部雪子来り米軍硫黄《いおう》ケ島に上陸したりとて人心恟ゝ《きょうきょう》たりと語る。ほうれむ草麩《ふ》を恵贈せらる。

二月廿五日　日曜日。朝十一時半起出るに三日前の如くこまかき雪ふりゐたり。飯たかむとする時隣人雪を踏むで来り午後一時半米国飛行機何台とやら襲来する筈《はず》なれば用心せよと告げて去れり。心何となく落ちつかねば食後秘蔵せし珈琲をわかし砂糖惜し気なく入れ、パイプにこれも秘蔵の西洋莨《たばこ》をつめ徐《おもむろ》に煙を喫す。もしもの場合にもこの世に思残すこと無からしめむとてなり。とかくするほどに隣家のラヂオにつゞいて砲声起り硝子戸をゆすりしが、雪ふる中に戸外の穴には入るべくもあらず、夜具棚の下に入りてさま〴〵の事思ふともなく思ひつゞくる中門巷《うちもんこう》漸く静になりやがて警戒解除と呼ぶ人の声す。時計を見るに午後四時にて屋内既に暗し。窓外も雲低く空を蔽ひ音もなく雪のふるさま常に見るものとは異り物凄さ限りなし。平和の世に雪を見ればおのづから芭蕉の句など想起し又曾遊のむかしを思返すが常なるに、今日ばかりは世の終りまた身の終りの迫り来れるを感ずるのみ。再び台所に行き今朝炊ぎし飯の残りをあたゝめ人より貰ひし麩を煮て夕餉を食す。燈下読残《よみのこし》の巴里《パリ》の古雑誌をひらきよむ程に十時頃またもや警報ありしがこの度は砲声を聞かず。風吹出で庭樹の梢より雪の落る響して夜は沈ゝとふけ行きぬ。

二月廿七日。晴れて日光少しく暖かになりぬ。隣人門外にて一昨日午後空襲に遭ひし町ゝの事を語れどもいづれも田舎出の人にて場所明確ならず。夕刻凌霜子の電話によりて初めて詳《つまびらか》にすることを得たり。今川橋神田駅辺より小伝馬町、浅草橋、蔵前、雷門、馬道浅草公園内無事 菊屋橋辺。また神田川両岸和泉橋南北の町ゝ。御徒町より上野駅東南側の町ゝ。一帯に焦土と化したりと云ふ。御成道《おなりみち》の文行堂うさぎ屋は無事なれど数寄屋町辺に爆弾おちしためその辺の人家硝子戸多くこわれたり。上野広小路も焼けしが如しと云ふ。燈下いつもの如く読書に憂《うれい》を忘れむとせしがさま〴〵の事心に浮出《うかびい》でゝ読むこと能はず。枕につきしも眠ることを得ず。屋根の雪のすべり落る響に驚き起《た》つこと再三なり。月明昼の如し。

〔欄外朱書〕青山一丁目辺も焼けしと云ふ。

三月初六。晴後に陰。午下《ごか》木戸氏来り話す。二月廿五日雪中市内罹災地の事を聞く。吾妻橋西詰曾《かつ》てオペラ館踊子と茶をのみに行きし丸三喫茶店のあたり雷門郵便局を除き仲店東裏一帯に焼亡。廐橋《うまやばし》ゝ上に爆弾落下の痕あり。又山の手にては市ケ谷堀端の町も焼亡せし由。市内祝《しゆく》融《ゆう》の災《わざわい》を免れしところ追ゝ少くなれり。わが偏奇館果して無事に終るを得るや否や。詩集夏うぐひすおよび冬の夜かたりの草稿を交附す。この日警報昼一回夜一回。

三月初八、半陰半晴、午後神田冨山町の焼跡に日糖会社を尋ね用事を弁ず、家屋は焼けたれど社員は地下室にて事務を執りをれるなり、多町鍛治町の辺一帯に焼原なり、須田町小川町駿河台下も同じ、電車にて九段を過ぎ赤坂福吉町の河野書店を訪ふに、店はいつの程にか取片づけられ主人の姿も見えず、家人出で来り店は本年正月既に始末をなし近日浦和へ転居するつもりなりと云ふ、震災前より馴染の店なれば一驚を喫したり、家にかへるに木戸氏筑摩書房主人を伴ひ来り話す、小説来訪者の草稿を交附す、

三月九日、天気快晴、夜半空襲あり、翌暁四時わが偏奇館焼亡す、火は初め長垂坂《なだれざか》中程より起り西北の風にあふられたちまち市兵衛町二丁目表通りに延焼す、余は枕元の窓火光を受けてあかるくなり隣人の叫ぶ声のたゞならぬに驚き日誌および草稿を入れたる手革包《てかわづつみ》を提げて庭に出でたり、谷町辺にも火の手の上るを見る、又遠く北方の空にも火光の反映するあり、火星《ひのこ》は烈

風に舞ひ紛〻として庭上に落つ、余は四方を顧望《こぼう》し到底禍《わざわい》を免るゝこと能はざるべきを思ひ、早くも立迷ふ煙の中を表通に走出で、木戸氏が三田聖坂の邸に行かむと角の交番にて我善坊より飯倉へ出る道の通行し得べきや否やを問ふに、仙石山神谷町辺焼けつゝあれば行くこと難《かた》かるべしと言ふ、道を転じて永坂に到らむとするも途中火ありて行きがたき様子なり、時に七八歳なる女の子老人の手を引き道に迷へるを見、余はその人〻を導き住友邸の傍より道源寺坂を下り谷町電車通に出で溜池の方へと逃しやりぬ、余は山谷町の横町より霊南坂上に出で西班牙《スペイン》公使館側の空地に憩ふ、下弦の繊月凄然《せんげつせいぜん》として愛宕山《あたご》の方に昇るを見る、荷物を背負ひて逃来る人〻の中に平生顔を見知りたる近隣の人も多く打まぢりたり、余は風の方向と火の手とを見計り逃ぐべき路の方角をもやゝ知ることを得たれば麻布の地を去るに臨《のぞ》み、二十六年住馴れし偏奇館の焼倒るゝさまを心の行くかぎり眺め飽《あ》かさむものと、再び田中氏邸の門前に歩み戻りぬ、巡査兵卒宮家の門を警《いま》しめ道行く者を遮り止むる故、余は電信柱または立木の幹に身をかくし、小径《こみち》のはづれに立ちわが家の方を眺る時、隣家のフロイドルスペルゲル氏褞袍《どてら》にスリッパをはき帽子もかぶらず逃げ来るに逢ふ、崖下より飛来りし火にあふられその家今まさに焼けつゝあり、君の家も類焼を免れまじと言ふ中《うち》、わが門前の田島氏そのとなりの植木屋もつゞいて来り先生のところへ火がうつりし故もう駄目だと思ひ各《おのおの》その住家を捨てゝ逃来りし由を告ぐ、余は五六歩横町に進み入りしが洋人の家の樫の木と余が庭の椎の大木炎〻として燃上り黒煙《こくえん》風に渦巻き吹つけ来るに辟易《へきえき》し、近づきて家屋の焼け倒るゝを見定ること能はず、ただ火焔の更に一段烈しく空に上るを見たるのみ、これ偏奇館楼上少からぬ蔵書の一時に燃るがためと知られたり、火は次第にこの勢に乗じ表通へ焼抜け、住友田中両氏の邸宅も危く見えしが兵卒出動し宮様門内の家屋を守り防火につとめたり、蒸汽ポンプ二三台来りしは漸くこの時にて発火《はっか》の時より三時間程を経たり、消防夫路傍の防火用水道口を開きしが水切れにて水出でず、火は表通曲角まで燃えひろがり人家なきためこゝにて鎮まりし時は空既に明く夜は明け放たれたり、

三月十日、町会の男来り罹災のお方は焚出《たきだ》しがありますから仲の町の国民学校にお集り下さいと呼《よび》歩む、行きて見るに、向側なる歯科医師岩本氏およびその家人の在るに逢ふ、握飯一個を食ひ茶を喫するほどに旭日《きょくじつ》輝きそめしが寒風は昨夜に劣らず今日もまた肌を切るが如し、余《よ》は一まづ代々木なる杵屋五叟の家に到り身の処置を謀《はか》らんと三河台電車停留場に至りしが、電車の運転する様子もなし、六本木の交番にてきくに青山一丁目より渋谷駅までは電車ありとの事にその言ふ如く渋谷に行きしが、省線の札売場は雑沓して近寄ること能《あた》はず、寒風に吹きさらされ路上に立つてバスの来るを待つこと半時間あまり、午前十時過漸《ようや》くにして五叟の家に辿りつきぬ、一同と共に昼飯を食す、飯後五叟は二児をつれ偏奇館焼跡を見に行き余は巨燵《こたつ》に入りて一睡す、昨夜路上に立ちつゞけし後革包を提げ青山一丁目まで歩みしなれば筋骨痛み困憊はなはだし、嗚呼《ああ》余は着のみ着のまゝ家も蔵書もなき身とはなれるなり、余は偏奇館に隠棲し文筆に親しみしこと数《かぞう》れば二十六年の久しきにおよべるなり、されどこの二三年老の迫るにつれて日々掃塵掃庭の労苦に堪えやらぬ心地するに到《いたり》しが、戦争のため下女下男の雇はるゝ者なく、園丁は来らず、過日雪のふり積りし朝などこれを掃く人なきに困り果てし次第なれば、むしろ

一思に蔵書を売払ひ身軽になりアパートの一室に死を待つにしかずと思ふ事もあるやうになりゐたりしなり、昨夜火に遭ひて無一物となりしはかへつて老後安心の基なるやまた知るべからず、されど三十余年前欧米にて購ひし詩集小説座右の書巻今や再びこれを手にすること能《あた》はざるを思へば愛惜の情如何《いかん》ともなしがたし、昏暮《こんぼ》五叟およびその二子帰り来り、市中の見聞を語る、大略次の如し、

昨夜猛火は殆《ほとんど》東京全市を灰になしたり、北は千住より南は芝田町におよべり、浅草観音堂、五重塔、公園六区見世物町、吉原遊郭焼亡、芝増上寺および霊廟も烏有《うゆう》に帰す、明治座に避難せしもの悉《ことごと》く焼死す、本所深川の町々、亀井戸天神、向嶋一帯、玉の井の色里凡《すべ》て烏有となれりと云ふ、午前二時に至り寝に就く、灯を消し眼を閉るに火星《ひのこ》紛々として暗中に飛び、風声啾々《しゅうしゅう》として鳴りひゞくを聞きしが、やがてこの幻影も次第に消え失せいつか眠《ねむり》におちぬ、

三月十一日、日曜日、余《よ》の眠りし一室は離座敷にて道路にちかく往復する自動車省線電車の響のみならず通行人の話声さへ枕辺にきこへ来りて、その喧《やかま》しさ堪難《たえがた》きばかりなれば、風はなはだ寒けれど八時頃に起出でたり、午後五叟の子二人再び偏奇館の灰をかくとて出で行けり、余も後より赴くに偶然凌霜子《りようそうし》の見舞ひに来れるに会ふ、子が大森の邸には罹災者数名を入れねばならぬ由なり、隣家フロイドルスペルゲル氏その家人と共に防空待避壕の中に起臥《おきふ》しをれり、黒パンを焼きバタをつけて余を馳走す、五叟の子灰の中より掘り出せしものを示す、手にとりて見るに、曾《かつ》て谷崎君贈るところの断腸亭の印、楽焼の茶碗に先考の賞雨茅屋と題せしもの、

又鷲津《わしづ》毅堂《きどう》先生の日常手にせられし煙管なり、罹災の紀念これに如《し》くべきものなし、この三品いづれもいさゝかの破損なきは奇なりと謂ふべし、代ゝ木に帰りてこの夜も一同と談話午前二時に至る、

三月二十日、晴、午に近く小堀四郎氏自転車にて来り事態いよいよ切迫したり、幸にしてその隣人自家用自動車と貨物自動車とに家財を積載せ信州上諏訪茅野といふところに避難の支度中なれば、小堀氏も妻子を伴ひその車に乗りおそくもこの月末までに東京を去るつもりなり、余にも東京に未練を残さず共に避難せよ、汽車にはもはや乗り難し、もしこの機会を逸する時は遠からず東京にて餓死せずば焼死するより外に道なかるべしと言ひ、手を取らぬばかりに説きすゝめられたり、午後菅原氏を訪ひ小堀氏の事を告げわが身の処置を問ふ、菅原氏は既に川越に近き志木町のほとりに避難すべき家を借り置きたれば万一の際には車をたよらず徒歩して行く心なりと言ふ、余は老病の身の貨物自動車にゆられ遠路を疾走すべき体力なきを知れり、たとひ人に手を引かれ扶《たす》けらるゝとも徒歩するにしかじと思ひ、小堀氏の厚意を辞することに決意し、折から来合せたる金氏と共に出でゝ夜十一時寓居にかへる、半輪の月夜に在り、
四月初六、晴、五叟子が勤先《つとめさき》なる鮫洲《さめず》埋立地の海岸にはこの頃に至り毎日三四人の腐爛《ふらん》せる死体漂泊す、いづれも三月九日夜江東火災の時の焼死者なるべしと云ふ、

四月十一日、快晴、春風駘蕩たり、正午渋谷より市電にて市兵衛町に至り洗濯屋杉森にシャツ肌着の洗濯を依頼す、水道電気の便甚《はなはだ》あしくなり営業すること困難につき今月末には廃業するつもりなりと言へり、旧宅の焼跡を過《よぎ》るにヒヤシンスの芽焦土より萠出でしを見る、表通宮様塀外の桜花雨後なほ爛漫たり、大正九年卜居《ぼくきよ》の翌年より毎春見馴れたる花なれば往時を思うて悵然《ちようぜん》たり、折から警報のサイレンを聞き道源寺坂を下り電車にて代々木の寓居にかへる、

四月二十日、くもりて風なし、五叟子門人野村氏来り麦酒《ビール》三本を贈らる、晡《ほ》下小滝町角より中野駅の方に至る道路を歩む、茫々たる焼原より、長崎町野方町あたりかと思はるゝ高台に晩桜のなほ新緑の間に咲き残れるを見る、その光景の悲愁なるこれを筆にせんとするもよくするところにあらず、

五月初五、陰、午前麻布区役所に行く、その途次市兵衛町の旧宅焼跡を過るに兵卒の一隊諸処に大なる穴を掘りつゝあり、士官らしく見ゆる男に問ふに、都民所有地の焼跡は軍隊にて随意に使用することになれり、委細は麻布区役所防衛課に行きて問はるべしと言ふ、軍部の横暴なる今更憤慨するも愚の至りなればそのまま捨置くより外に道なし、われらはただその復讐として日本の国家に対して冷淡無関心なる態度を取ることとなり、

五月廿五日、(抄)空晴れわたりて風爽かに初て初夏五月になりし心地なり、室内連日の塵《ちり》を

掃《はら》はむとて裏窓を開くに、隣園の新緑染めたるが如く雀の子の巣立ちして囀る声もおのづから嬉し気なり、この日余および菅原君アパート宿泊人中の当番なれば、午後已《や》むことを得ず昭和通五六町先なる米配給所に至り、手車に玉蜀黍《とうもろこし》二袋を積載せ曳いてかへる、同宿人の中《うち》江戸川区平井町にて火災に罹りその姉のアパートに在るを尋ね来りし可憐の一少女あり、年十四五才なれど言語挙動共に早熟、一見既に世話女房也、吾らを助けて共に車を曳く、路すがら中川あたり火災当夜の事を語る、戦時の一話柄なりべし〔ママ〕、夜いつもの如く菅原君の居室にて喫茶雑談に耽る時サイレン鳴りひびきたちまち空襲を報ず、余はいはれなく今夜の襲撃はさしたる事もあるまじと思ひ、頗る油断するところあり、日記を入れしボストンバグのみを提げ他物を顧ず、徐《おもむろ》に戸外に出で同宿の児女と共に昭和大通路傍の壕に入りしが、爆音砲声刻ゝ激烈となり空中の怪光壕中に閃き入ること再三、一種の奇臭を帯びたる煙《けむり》風に従つて鼻をつくに至れり、もはや濠中に在るべきにあらず、人々先を争ひ路上に這ひ出でむとする時、爆弾一発余等の頭上に破裂せしかと思はるゝ大音響あり、無数の火《ひ》塊《かい》路上到るところに燃え出で、人家の垣墻《えんしょう》を焼き始めたり、余は菅原氏夫妻と共に互に相扶《あいたす》けて燃立つ火焔と騒ぎ立つ群集の間を逃れ、昭和大通上落合町の広漠たる焼跡四月中罹災の地に至り、風向きを見はかり崩れ残りし石墻《いしがき》のかげに熱風と塵煙《じんえん》とを避けたり、遠く四方の空を焦《こが》す火焔も黎明におよび次第に鎮まり、風勢もまた衰へたれば、おそる〳〵煙の中を歩みわがアパートに至り見るに、既にその跡もなく、ただ瓦礫《がれき》土塊の累ゝ《るいるい》たるのみ、菅原氏夫妻の日夜弾奏せしピアノの如きただ金線の一団となり糸のやうにもつれしを見るのみ、六月二日、未明三時半小雨のふる中を菅原氏夫婦と共に再び渋谷の駅に赴《おもむ》きしが乗車券を得ざること昨日に異らず、策尽きてまた駒場に戻り、午前八時三たび行くにおよびて辛《から》くも駅員より乗車券の交附を受けたり、その手続の不便にかつ繁雑なること人の意表に出づ、我国役人気質の愚劣なることただ是一驚すべきのみ、余菅原君夫婦と共に宅氏の兄弟に送られいよ〳〵渋谷駅の改札口に入ることを得たるは午後一時半頃なり、山の手省線にて品川を過ぎ東京駅に至り羅災民専用大坂行の列車に乗る、乗客思の外に雑沓せず、余ら三人皆腰掛に坐するを得たるは不幸中の幸なり、午後四時半列車初てプラトホームを離る、発車の際汽笛も鳴らさず何の響もなければ都会を去るの悲しみ更に深きを覚ゆ、浜松に至る頃日は全く暮れ細雨霏霏《ひひ》たり、余大正十年の秋亡友左団次《さだんじ》一行と共に京都に遊びてより後《のち》一たびも東海道の風景に接せしことなし、感慨無量筆にしがたし、

六月初九、晴、午前九時ごろ警報あり、寺に避難せる人々と共に玄関の階段に腰かけてラヂオの放送をきく、たちまちにして爆音轟然家屋を震動し砂塵《さじん》を巻く、狼狽《ろうばい》して菜園の壕中にかくれ纔《わずか》に恙《つつが》なきを得たり、家に入るに戸障子倒れ砂土狼籍たり、爆弾は西方の工場地および余が昨日杖を曳きし城跡の公園に落ちたるなりと云ふ、そも〳〵余がこのたび東京を去り明石に来りしはこの地菅原君の郷里なるを以て日常の必用品をも手にし得べき便宜もあるべし、しかる後一日も早く岡山に在る菅原君が知人をたよりて共に身を寄すべき心なりしなり、しかるに到

着せし翌日より阪神の都市連日爆撃せられ交通不自由となり岡山との消息を知ることを能はず、戦々兢々徒《いたずら》に日を送るのみ、岡山には工場なく又食糧も豊かなりと云ふ、午後一時菅原君細君永井智子一人先だつて岡山に行く、余は菅原君と共に送りて停車場に至り再び船着場を散歩す、岸には荷物持ちたる人多く蹲踞《そんきよ》し弁当の飯くらひつゝ淡路通ひの小汽船の解纜《げらん》するを待てり、水を隔る娼家の裏窓より娼女らの舩の出るを見る、あたりの風景頗《すこぶる》情趣に富む、故もなく竹久夢二の素描画を想起せしむ、これまた旅中の慰籍《いしや》なり、日も漸く斜めなるころ寺に帰るに、今朝の爆撃にて死したる人の家族泣く〳〵回向《えこう》を頼みに来るもの跡を断たず、寺主応接に暇なき有様なり、夜八時過晩飯を食して後《のち》寺主および菅原君と雑談して夜分に至る、

六月十日、晴、日曜日、明石の町も遠からず焼払はるべしとて流言百出、人心恟々たり、午後人々皆外出したる折を窺ひ行李を解き日記と毛筆とを取出し、去月二十五日再度罹災後日々の事を記す、駒場なる宅氏の家に寓せし時は硯なく筆とることを得ざりしに明石の寺にはその便あり、明日をも知らぬ身にてありながら今に至つて猶《なお》用なき文字の戯れをなす、笑ふべく憐む可し、日誌しるし終りて後晩飯の煮ゆるを待つ間、夕陽の縁先に坐して過日菅原氏が大坂の友より借来りしウヱルレーヌの選集を読む、菅原氏は仏書をよむ、夜八時菅原君細君岡山より帰り宅孝二氏既にかの地に在り、谷崎潤氏また津山の附近に避難する由、余ら行先の事思ひしよりも都合好かるべしと言ふ、依つて明後十二日未明の汽車にて岡山に行くことに決す、

六月二十日、晴、午前暑さはなはだしからざる中菅原君と共に市中を散歩す、まづ電車にて京橋に至る、欄に倚りて眺るに右岸には数丁にわたりて石段あり、帆船自動船輻湊す、瀬戸内の諸港に通ふ汽船の桟橋あり、往年見たりし仏国ソーン河畔の光景を想ひ起さしむ、絵の道知りたらば写生したき心地もせらるゝ景色なり、水を隔てゝ左岸には娼楼立ちつゞきたり、中島町と称へて楼の前後皆水流なり、娼家の間を歩み小橋をわたりて対岸の塘《どて》に登る、河原はいづこも皆耕されて菜圃《さいえん》となり老柳路傍に欝蒼たり、河の上流を望めば松林高く人家の屋上に聳《そび》ゆるあたり岡山城の櫓《やぐら》を見る、堤上を歩み行くにまた橋ありてその工事半《なかば》既に成る、貸舟屋あり、児童舟を泛《うか》べて遊泳す、仮橋を渡れば道おのづから城内に入る、処処に札を立てゝ旧跡の由来を掲示す、人家の門墻《もんしょう》中今なほ維新前武家長屋の面影を残せしものなしとせず、荒廃の状人をして時代変遷の是非なきを知らしむ、況《いわん》や刻下戦乱の世の情勢を思ふや、諸行無常の感一層切なるを覚ゆ、城郭、断礎の間の道を歩みて再び堤上に登れば、水を隔てゝ後楽園の松樹竹林粛然としてその影を清流に投ず、人世の流離転変を知らざるものゝ如し、客舎にかへれば日影亭《てい》午《ご》に近し、

六月廿一日、晴、午前近隣の理髪舗に入る、客の鬚を剃るに西洋剃刀《カミソリ》を用いず日本在来の剃刀を以てせり、通りかゝりの郵便局にて端書を買ふに一人一枚ヅヽなりと言へり、帰りて後小堀氏の許に問安の書を送る、午後東京より携《たずさ》へ来りし仏蘭西訳トルストイのアンナカレニンを繙《はん》読《どく》す、夕日二階にさし込み来りて暑ければ出でゝ門口に立つ、軒裏《のき》に燕の巣ありて親鳥絶間な

く飛去り飛来りて雛に餌を与ふ、この雛やがて生ひ立ち秋風立つころには親鳥諸共故郷にかへるべきを思へば、余の再び東京に至るを得るは果して何時の日ならんと、流寓の身を顧《かえり》み涙なきを得ず、晩飯を喫して後月よければ菅原氏と共に電車にて京橋に至り、船着場黄昏の風景を賞す、暮《ぼ》靄蒼然《あいそうぜん》、広重の風景版画に似たり、橋下に小舟を泛べ篝火を焚き大なる四手《よつで》網《あみ》をおろして魚を漁るものあり、橋をわたりて色町を歩む、娼家の戸口にはいづこも二級飲食店の木札を出し燈火ほの暗き暖簾《のれん》のかげに女の仲居二三人立ちて人を呼び留む、されど登楼の客ほとんど無きが如く街路寂然たり、店口に写真を掲るものとしからざるものとあり、掲るものは小店なるが如し、たま／＼門口に立出る娼婦を見るに紅染の浴衣にしごきを巾《はゞ》びろに締め髪を縮したるさま、玉の井の女に異らず、青楼の間に寺また淫祠あり、道暗くして何の神なるを知らねど情景すこぶる画趣あり、歩みて再び表通に出で電車の来るを待ちしが、附近に映画館ありて今しも閉場せしとおぼしく、屐声《げきせい》俄に騒しく人影陸続たり、電車来るも容易に来りがたきを思ひ月を踏んで客舎にかへる、

六月廿五日、晴、朝飯の後《のち》手づからメリヤス肌着の洗濯をなす、東京中野にて再度遭厄《そうやく》の際着のみ着のまゝにて走り出でしを以て上下一枚の外に着換べきものもなし、暑中はともあれこの一枚のシヤツ破るゝ時は冬になりていかにして寒を凌《しの》ぐべきにや、哀れといふもおろかなり、西大寺町角《かど》三菱銀行支店に往く、市中諸処家屋取壊中なり、帰来りて旅宿門口の軒端につくられし燕の巣を見るにその雛四羽あり、数日前初めて見たりし時にはまだ目のあかざりしが今は

羽も生えそろひ目もあきたり、二三日中には巣立ちするなるべし、午後池田来りてメリヤスシヤツを示す、上だけにて金弐百円なりと云ふ、価の如何《いかん》を問はずしてこれを購ふ、飯後黄昏河畔を歩む、満月後楽園後方の山頂に登を見る、橋下蛙声雨の如し、

六月廿八日。晴。旅宿のおかみさん燕の子の昨日巣立ちせしまゝ帰り来らざるを見。今明日必《かならず》異変あるべしと避難の用意をなす。果してこの夜二時頃岡山の町襲撃せられ火一時に四方より起れり。警報のサイレンさへ鳴りひゞかず市民は睡眠中突然爆音をきいて逃げ出せしなり。余は旭川《あさひかわ》の堤を走り鉄橋に近き河原の砂上に伏して九死に一生を得たり。

七月十八日。晴。日暮妙林寺後丘の墓地を繞《めぐ》る山径《みち》を徜徉《しょうよう》す。山は皆石山にて松林深き処人家碁布《ごふ》す。林間に畠ありまた牧場あり。人家の庭に甘草孔雀草《かんぞうくじやくそう》の花を見る。小径の行くに従ひ林間を上下するにたちまちにして山間に通ずる大道に出づ。大道は三門町停車場のあたりより西北の方に走り吉備津の町に通ずるものなるが如し。四方の山麓および路傍の家屋中そのやゝ大なるは石材を商ふものなり。行人の中朝鮮の人多きを見る。日いまだ没せざるに半輪の月次第に輝くにつれ、山色樹影色調の妙を極め、水田の面に反映す。顧望佂徊。夜色の迫り来るに驚き、道をいそぎて家にかへる。途上詩を思ふこと次の如し。

山あひを行く道はさびし。
寂しけれども行く道の長きを望めば

その端《はしく》れには幸ひの宿れるが如き心地もするなり。
望なき世になほ望みあるが如く
その日〳〵を過しゆくこゝろ。
行く道のながきを望む心に似たらずや。
日は暮れぬ。日はくれて道を照す月かげ。
寂しく悲しけれど闇には優る。
家路をいそがむ。待つ人もなく燈火もなけれど。

〔コノ絵，七月十九日ノ記事中ニアリ〕

七月十九日。晴。連日警戒警報のひゞくを聞く。家具を山中の孤村に運ぶもの多し。馬力一輛一時間百円の相場なりと云ふ。

七月二十六日、晴、

八月十日、晴、広嶋市焼かれたりとて岡山の人ゝ昨今再び戦ゝ兢ゝたり、早朝岡山停車場に至り勝山《かつやま》行の切符を買はむとせしが得ず、空しく帰る、書を谷崎君に寄す、

八月十三日、（抄）未明に起き明星の光を仰ぎつゝ暗き道を岡山の停車場に至るに、構内には既に切符を購はむとする旅客雑遝《ざっとう》し、午前四時札売場の窓に灯の点ずるを待ちゐたり、構外のところぐ〵には前夜より来りて露宿するものまた少からず、余この光景に驚き勝山往訪の事を中止せむかと思ひしが、また心を取直し行列をつくれる群集に尾《び》して佇立《ちよりつ》する事半時間あまり、思ひしよりは早く切符を買ひ得たり、一ト月おくれの盂蘭盆《うらぼん》にて平日より汽車乗客込み合ふ由なり、余は一《ひと》まづ寓居《ぐうきよ》に戻り朝飯かしぎこれを食して後、再び停車場に至り九時四十二分発伯備線の列車に乗る、僅に腰かけることを得たり、前側に坐しゐたる老婆と岡山市中罹災当夜の事を語る、この老婆も勝山に行くよし、弁当包をひらき馬鈴薯《ばれいしよ》小麦粉南瓜を煮て突きまぜたる物をくれたれば、一片を取りて口にするに味案外に佳《よ》し、

八月十五日、陰りて風涼し、宿屋の朝飯、鶏卵、玉葱味噌汁、はや小魚つけ焼、茄子香《こう》の物なり、これも今の世にては八百膳《やおぜん》の料理を食するが如き心地なり、飯後谷崎君の寓舎に至る、鉄道乗車券は谷崎君の手にて既に訳もなく購ひ置かれたるを見る、雑談する中《うち》汽車の時刻迫り来る、再会を約し、送られて共に裏道を歩み停車場に至り、午前十一時二十分発の車に乗る、新《にい》見《み》の駅に至る間隧道《ずいどう》多し、駅ごとに応召の兵卒と見送人小学校生徒の列をなすを見る、されど車中はなはだしく雑沓せず、涼風窓より吹入り炎暑来路に比すれば遥に忍び易し、新見駅にて乗替をなし、出発の際谷崎君夫人の贈られし弁当を食す、白米のむすびに昆布《こんぶ》佃煮《つくだに》および牛肉を添へたり、欣喜措《お》く能はず、食後うとうとと居眠りする中《うち》山間の小駅幾個所を過ぎ、早くも西総社《にしそうじゃ》また倉敷の停車場をも後にしたり、農家の庭に夾竹桃の花さき稲田の間に蓮花の開くを見る、午後二時過岡山の駅に安着す、焼跡の町の水道にて顔を洗ひ汗を拭ひ、休み〳〵三門《みかど》の寓舎にかへる、S君夫婦、今日正午ラヂオの放送、日米戦争突然停止せし由を公表したりと言ふ、恰《あたか》も好し、日暮染物屋の婆、鶏肉葡萄酒を持来る、休戦の祝宴を張り皆〻酔うて寝に就きぬ、

〔欄外墨書〕正午戦争停止

八月卅一日、終日車中に在り、総社《そうじゃ》町以呂波《いろは》旅館のつくりし握飯、岡山の媼《おうな》より貰ひたる奈良漬を喰ひ葡萄汁に咽喉を潤す、美味終生忘れまじと思ふばかりなり、雨降りては歇《や》み風俄《にわか》に冷

なり、夜七時過品川の駅より山の手線に乗換をなし渋谷の駅にて村田氏に別れ、余は代ゞ木の駅前なる鈴木薬舗方に間借をなせる五叟を尋ぬ、しかるに五叟は既に三十日程前熱海木戸氏方に転居してこゝには在らずと、鈴木氏のはなしに余は驚愕し又狼狽するのみ、雨いよ〳〵降りまさり風雨にならむとす、鈴木氏に歎願して一夜をその家の三階にあかす、五叟は何故転居せしことを報知せざりしにや、人情の反覆波瀾《はんぷくはらん》に似たり、

九月初一、朝早く雨中に鈴木氏の家を去り、五叟が女弟子にて新橋駅の裏手に焼け残りしビルヂング内に住める者ある由、鈴木氏より聞知りたれば、ただちに尋ね到り事の次第を告ぐ、五叟の弟子恰も熱海に行くべき用事ありと言ふにさらばとて、その者と共に新橋よりまたもや汽車に乗り晡下《ほか》熱海に至る、五叟とその家族とに会ひ互に別後の事を語り身の恙《つつが》なきを賀す、

九月十九日、蚤起《そうき》枕頭《ちんとう》の窓をひらくに天色雲影山水と並ばせて一望目に入るもの、昨日に異りて秋色俄《にわか》に鮮明清奇となれり、山に攀《のぼ》る熱海の人家の朝日を受けて緑樹の間に散見するさま、セザーヌ、マチス等の筆致色調の妙を思はしむ、けだしこの如き秋晴の風景は北斎、広重の板画にもその色彩を連想せしむるの例稀なるを以てなり、岡山より池田優子また染物屋の媼《おうな》の手紙来る、菅原氏夫婦も既に岡山を去り男は明石に婦は東京に在りと云ふ、二人は曾《かつ》て余に語りしが知く戦争停止を機会としてわかれ〳〵になりしと見ゆ、晩食前市中を歩む、先月来食塩の配給杜絶《とぜつ》せし由《よし》にて家ごとに海水を汲《くみ》来り鍋にてこれを煮詰めをれり、戦敗国の窮状いよ〳〵

見るに忍びず、

九月廿四日（抄）積雨漸く霽《は》れ再び秋晴のあかるき日となれり、赤蜻蜓の飛ぶこと落花の如し、

九月廿五日、晴れて雲翳なし、窓前に隣家の百日紅の白き花あるものなほ散らず、庭内に引入れたる細流に鶺鴒《せきれい》の来りて歩むを見る、木芙蓉の花秋海棠の花と共になほ鮮妍《せんけん》たり、門外の小径には野菊の花の薄く紫色したるに、彼岸花真紅に咲き乱れたり、偶然先考が来青閣《らいせいかく》の庭園を想起して悵然たり、

九月廿六日、天気快晴、窓より見ゆる江湾島嶼《とうしょ》の風景、可憐なること庭園の如し、丘陵の中腹緑樹の間より幾筋ともなく温泉の白き煙、まつすぐに高く立ちのぼりていづ方にもなびかざるを見る、江湾の秋の半日いかに風なく静なるかを知るに足るべし、斯《か》くの如き穏かにして美麗なる風土は武力を濫用して侵略の暴行を企図すべきところに非らざることを証するものならずや、現在の日本人種はその大半他処より漂流し来りし蛮民の子孫なることまた自《おの》ら明《ずか》かなり、米国の学者好事家現在の日本を知らむと欲すれば先《まず》その研究をこの辺より始めざるべからず、マカサ元帥以て奈何《いかん》となすや、

九月廿八日、（抄）昨夜襲来たりし風雨、今朝十時ごろに至つてしづまりしが空なほ霽《は》れやら

ず、海原も山の頂もくもりて暗し、昼飯かしぐ時、窓外の芋畠に隣の人の語り合へるをきくに、昨朝天皇陛下モーニングコートを着侍従数人を従へ目立たぬ自動車にて、赤坂霊南坂下米軍の本営に至りマカサ元帥に会見せられしといふ事なり、戦敗国の運命も天子蒙塵《もうじん》の悲報をきくに至つてはその悲惨もまた極れりと謂ふべし、(中略)我らは今日まで夢にだに日本の天子が米国の陣営に微行して和を請ひ罪を謝するが如き事のあり得べきを知らざりしなり、これを思へば幕府滅亡の際、将軍徳川慶喜の取り得たる態度は今日の陛下よりも遥に名誉ありしものならずや、今日この事のこゝにおよびし理由は何ぞや、幕府瓦解の時には幕府の家臣に身命を犠牲にせんする〔ママ〕真の忠臣ありしがこれに反して、昭和の現代には軍人官吏中一人の勝海舟に比すべき智勇兼備の良臣なかりしがためなるべし、我日本の滅亡すべき兆候は大正十二年東京震災の前後より社会の各方面に於て顕著たりしに非ずや、余は別に世の所謂《いわゆる》愛国者と云ふ者にもあらず、また英米崇拝者にもあらず、ただ虐《しいた》げらるゝ者を見て悲しむものなり、強者を抑へ弱者を救けたき心を禁ずること能《あたわ》ざるものたるに過ぎざるのみ、これこゝに無用の贅言を記して、穂先の切れたる筆の更に一層かきにくくなるを顧ざる所以《ゆえん》なりとす、

十月初三、日色雲影夏の如し、午後停車場前の町を歩む、土産物販売店にて絵葉書状袋などの売れ残りしを買ふ、干葡萄一袋金拾円、芹《せり》の塩漬百匁参拾銭、黄楊《つげ》の櫛一枚金拾円の売価を出したる店もあり、石段を下り海岸を歩む、時、驟雨沛然《はいぜん》たり、一旅館の戸口に立ちて霽《は》るゝを待つ、正面に一老松ありて金色夜叉《こんじきやしや》の碑を建てたり、小栗風葉《おぐりふうよう》の句を刻す、これ逗子の海岸に

建てられたる不如帰《ほととぎす》の碑と同じく、わが国民衆の趣味の如何を窺ひ知らしむるものなり、余はその是非を論ぜむと欲するも到底よくすること能はざるを知れり、ただ一種不可思議の感に打たるゝのみ、家にかへるに台所に栗を売りに来りし人あり、一升金参拾円なりと言へるを聞く、戦後飲食物の高価となりしこと全く人の意表に出でたり、嶋中氏書あり、遠からず中央公論社を再興し余が全集梓行《しこう》の準備をなすべしと言へり、夜に入り風雨、

背に負うて栗売りに来る翁かな　　荷
夕立や虫もまだ鳴く小六月　　〃
下駄草履籾《もみ》も干すなり門の秋　　〃
風の声きいて昼寝や小六月　　〃
いたづらに老ひ行く人や秋の暮　　〃
つばくろの去りにし門のかへり花

十月初七日曜日 時ゝ雨ふる、晩間嶋中氏に招かれその宿泊する山王ホテルに至りし晩餐を共にす、米軍の将校とも見ゆる青年七八名食事をなせり、人品さして卑しからず、食後酒場のカウンターに倚《よ》り給仕の少女を相手に日本語の練習をなす、日本の軍人に比すればその挙動遥《はる》かに穏和なり、九時頃一同静かに階段を登りて各自の室に入れり、雨また降り来たりし故電話にて雨傘と提灯とを寓居より取寄せ辞してかへる、嶋中氏明朝帰京すと云ふ、

十月十二日、朝の中《うち》は西風吹きすさみて軽寒身にしむばかり冬遽《にわか》に来るが如く思はれしが、空隈《くま》なく晴渡りたれば昼頃よりは長閑《のどか》なる小春の日和となりぬ、町を歩み銀座通中程の喫茶店にてランチを注文するに、紙の如く薄く切りたる怪し気なるソーセーヂ数片に馬鈴薯少し添へたる一皿のみ、しかしてその価四円税弐円なりと言へり、化粧用香油小壜金弐拾円、罫引《けいびき》西洋紙一枚弐拾銭、板草履《ぞうり》一足金四円、竹の皮草履一足弐円弐拾銭とのことなり、戦後日用品の価ただ人をして一驚を喫せしむるのみ、

十月十四日 日曜日 大豆三升を買ふ、一升金四拾円なり、陰晴定りなく風静かなり、午後双柿舎水口園のあたりより山手の別荘町を歩む、樟松の大木多けれど椿山茶花の類少し、暮秋初冬の庭に紅白の山茶花を見るは東京の町の特徴とも言ふべきにや、熱海の家の庭には菊コスモス葉鶏頭を植るところほどんど無きが如し、燈刻木戸氏来り筑摩書房社員中村光夫氏より貸写の仏蘭西書冊数巻を交付せらる、開き見るに皆山田珠樹旧蔵のものなり、山田氏は曾《かつ》て鷗外先生の愛嬢茉莉子を娶《めと》りし人なるを思へばまた多少の感慨なきを得ず、夜片月窓を照す、霜露冷なり、

十月十八日、くもりて静かなる日なり、午後中村光夫氏来話、所蔵の仏蘭西書冊を貸与せらる、相磯凌霜子その小星の熱海に赴くを幸ひその蔵書若干を持たせつかはさる故旧の厚誼喜ぶべきなり、

〔欄外墨書〕薄田泣菫歿行年六十九

十月廿三日、天候なほ不穏なり、宮城県に避難せる阿部雪子小包郵便にて下駄手拭花紙を送り来れり、旧うさぎやの主人谷口氏書あり、近日経済界の風聞をきくごとに余は将来の生活に対し憂懼《ゆうく》の念いよ〳〵深かゝらざるを得ず、文学創作の興会《きょうかい》漸く消滅し行くをおぼゆ、去年此日より煙草配給となる、

十月三十日、（抄）晴、午後より曇る、昼餉《ひるげ》の際前歯一本折れたり、岡山に在りし頃歯科医の治療を受けんとて尋ね歩みしかど見当らず、その後熱海に来りしかどこの地の歯科医は薬なきため悉《ことごと》く休業してゐる始末にて、遂に治療すること能はず、老朽の容貌益〻醜悪となり鏡を見ることを欲せざるに至れるなり、晩風蕭索《しょうさく》、

十一月初六、西風吹きすさめども空晴れ日光のうららかなる事陽春の如し、山も海も微笑めるが如し、東京にては感じられぬ気候なり、伊豆特種なる風土の美全く人を酔しむ、霜薄きがためにや四方の山を望むも松樟の青き繁りのみにて紅葉の目に映ずるものなし、人家の庭にも柿の葉わづかに色づきしのみ、石蕗《つわ》の花さきし庭もあれど菊はいまだ開かず、山茶花は殆ど目にせず、八ツ手もまた稀なり、山茶花八ツ手青木は東京山の手の特徴なるにや、梓月子が石蕗《つわ》八ツ手外に花なし冬の庭の吟あるを思出しぬ、

十一月初七、昨夜暖にして火鉢もいらねば全集の草稿を整理する中、いつか夜は尽きて窓あかるくなりぬ、燈火を滅して窓の戸を開き見るに、海上の空薔薇色にあけそめ真鶴《まなづる》の岬淡く紫色して長く水上に浮べるさま影の如し、町の灯はなほ消えず、海上の漁火また煌煌《こうこう》たり、渓流の響を除きて天地寂々《じやくじやく》たる間に太鼓の音のかすかに聞え出せしは、町のいづこにか法華宗の寺ある故なるべし、たちまちにして西山の頂薄く薔薇色に染り、人家の半面またつゞいて同じ色に染り行く時、海上に棚曳《たなび》く横雲金色に輝き太陽南の山の頂に昇りぬ、再び戸を閉ざして一睡、正午に至る、温暖昨日の如し、

十一月初八、快晴風あり、午後凌霜子沼津の帰途来り訪はる、上野公園また地下鉄道駅内には家なく食なき者多く集り旅客の弁当など開きて物食ふを見るや、一人二人と次第に集り来り食物を奪去る由、毎日四五人餓死病死するものある由、目下東京市中最も悲惨の光景を呈するところはこゝなりと云ふ、また銀座松坂屋側の空地を貸受け臨時の舞踏場を開きしものあり、踊子の収入一夕五六拾円の由、丸の内および銀座辺女事務員米兵に媚を売るもの日にまし多くなり日比谷公園内出会の光景すこぶる奇なるものありと云ふ、夜弦月山上に出るを見る、

十一月十二日、快晴、温暖春の如し、旅館聚楽の焼跡に柳北先生の碑今も在る由聞きゐたれば尋ねて行くに、板囲ひ厳重にて入るを得ず、銀座町を歩み煙管を買ふ、驚くべき粗品にてその価拾弐円なり、米兵の酔へるもの三ゝ伍ゝ相携へて町を徘徊するを見る、容貌皆はなはだしく

下賤なり、昨日家に来りしものに比すれば雲泥の差あり、色町の小路に入るに蕎麦屋菓子屋の店に人の出入するを見る、二三人の男女の語りつゝ出で来るを見て問ふに、みつ豆は寒天ばかり少量にて金壱円、菓子は甘薯をまるめ少しばかり黄粉ぬりつけしがこれも一個一円なりと言へり、ただある二階家に騒ぎの三味線聞えて縮らし髪の芸者の出入するを、道行く人立ちとまりて仰ぎ見る、何事かと窺《うかがい》見るに、米兵四五人車座に坐り芸者を呼びて遊べるなり、横浜開港のむかしを見るが如し、夜に入り風俄に寒し、

十一月廿二日、雨しづかなり、気候暖かなれば春雨の如し、町の方を望むに山ゝかすみわたりて湯の煙のみ目立ちて白く立登れり、窓前の畠、ところ〴〵に立ちたる樹木の雨中霜に染みたるさま言はん方なし、熱海は見るもの皆好し、土地の人情軽薄なるを咎《とがめ》る人もあれど、これ温泉場の常なり、遊覧の客に金つかはせる陋習のみ、美名の下に私慾を逞《たくま》しくする政治家事業家の害毒に比すれば、ことことしく言ふに足らず、雨晩に霽《は》る、

十二月初八、陰天、風寒からず、午飯の後新生社主人より贈られし米国製鑵詰をひらく、無花果《いちじく》を煮つめて羊かんのやうになしたるものと珈琲《コーヒー》となり、珈琲は粉末はなはだこまかく熱湯にて溶《と》けばすぐに飲めるなり、品質いづれも善良なり、又オートミールの鑵詰をひらきて味ふに粉牛乳と砂糖の調合はなはだ好し、戦地にて米国将卒のこれを食したることを思ひ、翻つて日本軍の食糧の粗悪なるに思到れば勝敗もまた推測するに難《かた》からず、彼と我とは生活の程度

既に雲泥の差あり、人間も動物なればその高下善悪は食料によりて決せらるべし、近年余の筆にする著作の如きも恐《おそ》らくは見るに足るべきものには非ざるべし、わが文芸の世界的地歩を占め得ることは到底望むべからず、悲しむべきなり、子供ら米国軍艦数艘真鶴湾内に入来りて碇《てい》泊《はく》すと語れり、見に行く人多し、

十二月十二日、晴、草稿を新生社に郵送す、阿部雪子の手紙の中に、

折を見て麻布なるお宅の跡に参〻が万感胸に満ち低徊去る能はざりき、曾ては苔のうつくしかりしお庭もどこぞの農園と化し甘藷《かんしよ》の茎のころがり、雨水受けの甕《かめ》は肥料壺と化し〻、御門の側の石蕗《つわぶき》花のみむかしを知り顔に咲き居り、霜柱立ち山茶花散りし初冬の御庭しのび申され〻、屋根を蔽ひし椎の木の黒く焼けて立ちたるも一入《ひとしお》あはれに、此の木のもとにて落葉焚きしも思出され〻、割れて飛散る瀬戸物のはしぐまでも懐しう東京にお住ひならば（以下略）

十二月卅一日、半陰半晴、午下梓月子《しげつし》の紹介状を持ち時事新報記者石川輝氏来訪、同社再興につき草稿を求めらる、小泉八雲訳するところロチの文抄を読む、夜半数年ぶりにて鐘声をきく、Stories from Pierre Loti by Lafcadio Hearn. Introduction by Albert Mandell, Philadelphia. May 1933. 昭和八年九月十四日発行神田錦町三丁目七番地北星堂書店版

東京が燃える!

ついに悪夢が現実となった。一月二十七日におおきな空襲があった。山の手はまだ被害はない。自宅でおふろが沸かせなくなった荷風はあるいて近間の「混堂」、つまり湯屋にかよう日々であるが、そこで「浴客」のうわさに耳を傾ける。銀座、有楽町、築地かいわいが「焼亡」したと聞く。二月には阿部雪子から、硫黄島にアメリカ軍が上陸したと聞く。早春のささめ雪が降る日も、こころ楽しまない。夜更けに屋根から雪のすべり落ちる音はかつて愛したものであるが、その音にさえ神経がとがり、すわ空襲かと蒲団をはねのける。二月末には浅草、上野いったいが「焦土」となったことを相磯陵霜の電話で知る。

麻布のわが家、偏奇館もほどなく燃えようと悟る。はたして三月十日あかつきに偏奇館は焼けた。焼亡のもようを詳細につづる三月九日付日記の記述の冷静はつとに知られる。かねて用意していたので荷風の行動は敏速である。いったん家を脱出し、逃げ道にまよう老人連れの女の子を安全な通りに誘導さえする。散歩が役に立った。いろいろな道を知り尽くす。六十六歳の荷風はすさまじく勇猛である。やはり並の人ではない。今いちど家の前に戻り、「心の行くかぎり」愛するマイホーム偏奇館の倒れるさまを見とどけようとする。空の異様な光、火の粉が烈風に舞って庭に落ちる輝き、高まる火焔。こうした光景は荷風の小説や随筆には出てこない。日常を愛する荷風の筆は、劇的な破滅を書かなかった。皮肉にもこれから日記の筆が、火焔と滅亡をしきりに記すこととなる。

その二男を養子とした関係で、家が焼けた後はおおいに従兄弟の杵屋五叟《きねやごそう》をたよる。杵屋は芸名で、本名は大島一雄。いったん代々木の彼の家へ身を寄せ、浅草オペラ製作の関係で当時もっとも仲のよかった音楽家・菅原明朗の住まう東中野のアパートを借りる。ここも五月二十五日の夜に空襲で焼ける。大好きな初夏が来て、新緑もあざやかに雀もなごやかに鳴く陽気に油断していたところであった。偏奇館が焼けたときより狼狽した。しずかな山の手とちがい、逃げまどう「群衆」にもみくちゃにされる恐怖があった。音楽家の菅原の弾くピアノも燃えて、その形見には焼け跡に焦げた「金線」の糸のかたまりが残されるばかりであった。

川本三郎氏の著書『老いの荷風』が指摘するように、文学者のなかで荷風ほど何度も空襲に住居を焼かれた人はそういない。シングルであり、弟子をもつなど人との濃い関係も嫌ったからであろう。志賀直哉や谷崎潤一郎、正宗白鳥などはもっと早い段階で家族と疎開している。荷風にも疎開をすすめる人はいた。森鷗外令嬢の杏奴とその夫で画家の小堀四郎は、とくに熱烈に疎開をすすめた。小堀四郎は三月二十日に世田谷自宅から自転車を漕いで荷風のもとへ駆けつけ、妻の杏奴と子どもが蓼科に行くので同行するよう説きつける。苦手の自動車に他人とぎゅう詰めになり遠路を運ばれる自信がなくて、これには心うごいたが断った。察するに荷風は信州に土地勘がない。国内を旅することが少なかったので、書物の上での知識はあるが、どこの地方にも親しみが薄い。疎開のイメージも抱きがたかったのであろう。

しかし慣れないアパートでの二度目の空襲は真底おそろしかった。菅原夫妻と兵庫県明石への疎開を決意し、「罹災民専用大坂行列車」で六月二日に東京駅を発つ。明石でも空襲にあう。夫妻と岡山へ退避する。岡山の人はまだ空襲警報を聞かない。平和な城下町である。はじめホテルに泊まったが、食の貧弱に閉口して市内の「松月」という旅館に変えた。女将が親切で、ここはよかった。

宿の軒下には折しもつばめが巣をかけ、四羽の愛らしいひな鳥が生まれた。岡山城には名庭、後楽園がある。そのまわりを旭川がゆたかに流れる。川に蛙の声もさかんな夏となる。

六月二十八日、「松月」の女将が何かある、と言い出す。つばめが巣からいなくなった。人間も逃げた方がいい、と言う。この夜、正確には二十九日午前二時頃、今まで平和であった岡山が空襲にあう。東京とちがい、訓練していなかった町にはサイレンさえ鳴らない。とつぜんの爆音に人々はあわてて起きる。荷風は旭川のふちを走り、河原に身を伏せた。「九死に一生を得」る、などという使い古された平俗なことばを荷風が書くのは初めてである。呆然とする息づかいが伝わる。

その後は岡山の民家に転居し間借りするが、住環境がきゅうくつになるにつれ、菅原夫妻との仲も悪くなる。二人の言い合いがうるさくなる。日記に「S夫婦」などと書く。こうした嫌悪は今後も、同居するすべての人々との間に発生する。荷風の業である。もともと人に頼るのも頼られるのも大きらいな自由人である。ある期間を暮らすと人の暗部が見える。それまでに恵まれた親切も忘れてしまう。同居が耐えられなくなる。本人もどうしようもない業である。

八月十日に「広嶋市焼かれたり」との情報が岡山の町を走る。広島は目と鼻の先。大恐慌がおきる。かねての谷崎潤一郎の招きに応じ、荷風は単身で谷崎夫妻の疎開する岡山の小京都・津山に旅し、ゆきとどいた歓待をうけて感激する。十五日、午前の列車で岡山に帰るが、その日に「S君夫婦」から戦争停止のラジオ放送があったことを聞く。さっそく月末に東京へ帰る。たのみの杵屋五叟は熱海へ退避したと聞き、ただちに熱海へおもむく。杵屋一家の借りる家に滞在することとなる。

家は来宮《きのみや》神社の見える、熱海の町はずれの山手にあった。ひろい空に雲が流れる模様がよく見える。海の上に太陽ののぼる光景も雄大である。しかし「流浪」の身の荷風は浮かない。岡山の自然の方が優美であったと思う。しかし岡山でも、旭川がリヨン市を流れるソーヌ河をほうふつさせるとは書くものの、どうもこの地の光景になつかしさを覚えないとしていた荷風であった。もっとも感動したのは旅館「松月」の主人のもつ郊外の果樹園に招かれ、そこで白桃とあんずを御馳走され、桃源郷を思わせるおだやかな風景にふんわり包まれた時だった。

しだいに熱海が大好きになる。ここで暮らすのに慣れてきた。借家のあるじは、荷風の大ファンの木戸正である。熱海の家は資産の一つで空いていた。立派な書斎があり、そこに成島柳北の『航薇日誌』があるのも嬉しかった。もともと川と海を熱愛する。秋が深まるにつれ、山の斜面を利用して家々が立ちならぶ海の町への嘆賞がつよくなる。セザンヌやマチスの絵のようだと書く。九月二十四日、「赤蜻蛉の飛ぶこと落花の如し」ということばが美しい。荷風の好きな秋の光景だが、久しぶりに日記で見る。翌日には野菊や芙蓉の秋花を目にして、父のいつくしんだ大久保余丁町の庭園を思いだす。せつなさで胸がいっぱいになる。季節への愛着を水源に、みずみずしい感情が復活する。とくに十一月七日、初冬のあかつきの海の色や光の中で、熱海の町の家々がしだいに目覚める光景はすばらしい。平和が、荷風の筆を高らかに華やがせる。

十二月には、東北への疎開から帰京した阿部雪子から麗しい手紙が来る。ちなみに荷風はたいせつな知人へは、こまめに転居先を手紙で知らせている。雪子は荷風との思い出をしのび、燃えた偏奇館の跡地を訪れたらしい。シンボルツリーの背の高い椎の木がむざんに黒く焼けたまま立ち、この木の下でいっしょに落葉を焚いたことがなつかしい、とするくだりが哀切である。

荷風ブームのきざしは早くも熱海に来たばかりの九月にはじまる。東京から荷風を訪ねて筑摩書房編集者の中村光夫や中央公論社の嶋中社長が来て、戦争中に書きためた作品の刊行を乞う。敗戦後すぐに文学芸術界が再起に乗り出したことがわかる。とくに中央公論社は社の再興をかかげ、近く十二巻で荷風の全集を出したいという。

これは作家として大きな喜びであろう。旧作『すみだ川』を松竹が映画にしたいとも申し込んできた。戦争小説にはそっぽを向き、ひたすら恋と都会の遊びを描いてきた荷風が一種のスターになる機運が、どうも東京で動き出している。熱海にいるので、申し込む人がうるさいほど来るわけではない。いい塩梅である。前金をもらい、少しゆとりを感じて熱海銀座でウインドウショッピングも始めた。いのちが保障され、日本人に稼ごうとする気もちが戻ってきたことも実感する。大みそかには「数年ぶりにて」除夜の鐘を聞いた。

何度も空襲にあった二十年の日記を読んでもっとも感慨ふかいのは、退避の日々でも日記と本だけは手ばなさない姿勢である。長年あつめた蔵書は偏奇館とともに燃えた。いっそさっぱりしていい、ともうそぶき、本を買った西欧の思い出をおもえば悲しい、とも嘆く荷風であるが、どうしても本とは別れられない。流浪の先々で機会あれば本を借り、本を買い、本を読む。ヴエルレーヌやトルストイ、ロティに鷗外。世界文学を読む。

荷風は心に、本の語る別世界への窓をもっていた。外出して町を観察し、料理屋や風呂屋で世相のうわさを集める。関心を今の現実に密着させる。家に帰れば木の下に椅子をおき、書斎に明かりをつけ、本を読む。はるかロシアの社交界に遊び、陽光に香るイタリアの果実をあじわい、幕末の瀬戸内海の夕映えをながめる。現実へのオンとオフを使い分けた。世界がパニックの一色に染まるとき、これが大切なのであろう。まわりが一億総出で戦いに進む中、とにかく平和ほどいいものはないと書きつづけた荷風。心に海外に通ずる別の高窓をもち、そこから射す明るい光に顔を向けていた人なのだと思う。あらためて慕わしい真の文学者である。

第二部　荷風　俳句より

髙柳克弘

表層的な欧化政策を進める明治政府を、「猿真似」「醜悪」と容赦なく切り捨てる荷風の、権力の虚妄を暴く批評精神は鋭い。それ自体が芸に達しているといってもいい。

だが、荷風は俳句において世相批判をなそうとはしなかった。荷風にとっては、俳句は権力と戦う武器ではなかったのだ。「以来わたしは自分の芸術の品位を江戸作者のなした程度まで引き下げるに如くはないと思案した。」（「花火」大正八年）……大逆事件で検挙された幸徳秋水らが移送される馬車を、偶然にも見かけた荷風の感慨である。ドレフュス事件において、大統領あてに告発文を書いて世論を牽引したエミール・ゾラのようには、自分はなることができない。荷風の筆は、江戸の戯作を模することを選ぶ。この戯作の中に、俳句も入っていると見てよいだろう。荷風が慕ったのは根岸派の写生句や新傾向俳句ではなく、其角や抱一をはじめとする江戸俳諧であったのだから。

つまり、次のような時代を反映した句は、数少ない例外なのである。

戦ひに国おとろへて牡丹かな　（昭和二十一年作）

戦後まもなくの昭和二十一年の五月に詠まれたものだ。壮麗な牡丹は、富貴草の別名も持つ。戦争で疲弊した国は惨憺たるありさまであるが、牡丹の花は変わることなく、富貴草といわれるだけの華麗さを誇っている、という句意だ。国のありようとはかかわらずに、ただ美しく咲いている牡丹は、荷風の生きざまとも重なり、彼を大いに励ましたに違いない。『断腸亭日乗』の昭和二十一年五月一日には、前の住人の手で無数の花が植えられた借家の庭を眺めながら、「流寓の身にとりてはこれまた意想外の幸福ならずや」と感慨が綴られており、この句の原型とみられる「戦ひに国傾きて牡丹かな」の句を含む五句が掲げられる。

同じ年に、俳壇の有名作者たちも、

はこべらや焦土の色の雀ども　　石田波郷
一本の鶏頭燃えて戦終る　　加藤楸邨
戦後の空へ青蔦死木の丈に充つ　　原子公平

などの作品を作っている（現代俳句協会編『昭和俳句作品年表　戦後篇』参照）。荷風の句と、詠み口は共通している。国の荒廃と自然の隆盛とを対比させるもので、古くは杜甫の「国破れて山河あり城春にして草木深し」（「春望」）にまでさかのぼることができる、普遍的な発想の型である。しかし、「はこべら」「鶏頭」「青蔦」といった、逞しく、生命力あふれる植物との対比ではなく、荷風の場合、華麗な「牡丹」が選ばれているという差異は、重く見ねばなるまい。〝力〟ではなく〝美〟を信じる荷風の個性が発揮されているのだ。波郷や楸邨、公平といった専門俳人の句に共通する切迫感とはうらはらに、荷風の句は余裕がある。「牡丹」が、中国の皇帝が愛した花であるという歴史を持つためだろうか、それを眺めている主体も高貴さを帯びているように見えるのだ。敗戦も、つまるところは、どこの国でもいつの世にもありうる、一般的現象であるという、達観した見方すらうかがえる。時代の相を捉えているとはいっても、より普遍性に軸足を置いた句なのである。「牡丹」の句を例外として、荷風俳句は、その散文とは異なり、社会や世相から意識的に距離を取っている。その題材は、作者自身であったり、作者の生活圏で見聞きできるものばかりである。

永き日やつばたれ下る古帽子　　『荷風百句』

『荷風全集』第十四巻の自画像に添えられた句である。「古帽子」の様態を表わす言葉として「つばたれ下る」がまことに味わい深い。何度も頭と帽子掛けの間を行き来しているあいだに、つばが張りを失い、垂れさがるようになってしまった。日除けとして十分な働きを果たせないという意味では、帽子としては失格なのであるが、それでも愛着があって使い続けている。「永き日」は春の季語で、冬に比べて日が長くなってきたことをいう。春の日ざしの下で、なんとなく気怠く、眠くなってくる季節の表れである。そうした弛緩した心のありようを伝えるにあたっても、「つばたれ下る」が効果を発揮しているのだ。そして「永き」の一語は、「古帽子」を使い続けてきた歳月の長さも暗示している。これまでも長く使ってきたし、おそらくはこれからも、使い続けるであろう、相棒としての「古帽子」なのだ。

この句は昭和を代表する俳人石田波郷が「愛誦荷風俳句」（『永井荷風作品集』付録、中央公論社、昭和二十六年）の中で第一にあげている句で、「中七の『つばたれ下る』が遅日の季感に照応して寛闊な、懈い感じを美事に出してゐる。」と鑑賞している。
なお、波郷は同じ文中で荷風の俳句について「先生の小説や随筆の下位に立つものとは決してないと思ふ」と高く評価している。「古典と競いたつ」をスローガンに、同時代の散文化した俳句を憂い、蕉門にこそ高い韻文精神を見た波郷は、荷風俳句の良き理解者であった。

子を持たぬ身のつれづれや松の内　　『荷風百句』

妻子を持たない自由さを、折に触れて荷風は口にする。この句も、そのヴァリアントの一つであろう。家庭を持つ主人にとっては、家族や年賀客とのやりとりに明け暮れるのが「松の内」である。とくに、子供があれば、たまの休みで構ってやらなくてはならないという責務もある。独り者の自分には、そんな憂いはない。憂いがあるとすれば、ただ「つれづれ」、つまり退屈だということ。むろん、否定的な意味ではなく、「つれづれ」なる松の内こそめでたけれと、興じているわけである。

靴先にしたゝる酒や夜半の春　　（大正十五年作）

バーで痛飲しているのである。飲んでいるグラスから、酔余の酒が零れ落ちる。よく磨かれているであろう「靴先」に、酒のしずくがあられもなく振りかかるイメージに、退廃的な美がある。この酒はぜひとも、荷風の愛するワインであってほしい。

紫陽花や身を持ちくづす庵の主　　（昭和二年作）

身請けした芸者・関根歌を「壺中庵」と名付けた住まいに囲っていた折の句とされ、荷風の放蕩無頼の境涯を反映した句として人気が高い。客観的に自分を「庵の主」といっているのが、解釈を多義的にしている。物語中の人物のようでもあり、作者自身のようでもある。そこは明らかにしない書き方が粋だ。

「五月雨や身をもちくづす庵の主」の句形も伝わるが、「五月雨」は配合としてはありきたりで、庭先の鮮やかな「紫陽花」を配合することで、艶めきを加えている。紫陽花といえば梅雨時の花で、当然景色が雨中であることも暗示され、ただ「五月雨」とするよりも芸が細かい。

「持ちくづす」という語を使ってはいるが、ここで「紫陽花」を配しているのは、退廃の身の上に一片の美を見出しているからだ。とはいえ、紫陽花は時間が経つと色が変わるという性質を持ち、「七変化」という異名もあるから、「庵の主」の心もまたこの先変わらないわけではない。そんな予感がもたらす不隠の気配も、この句の魅力になっている。

漢字の多い字面の中で、「くづす」だけがひらがなで書かれているのも、この部分だけ素肌が露出しているような色気がある。

住みあきし我家ながらも青簾　　『荷風百句』

「青簾」は夏の季語で、青竹で編んだ新しい簾のこと。住みあきてしまったといいながら、簾を新調しているのは、まだまだこの家も捨てたものではないという愛着もあるからだ。外界へ開けた「青簾」を季語として選んだことで、庭から射し込む光や、吹き込んでくる風まで思わせ、一句の空間を広げている。さらにいえば、夏の建具に関する季語の中でも「網戸」や「日除」などではなく、「青」の字が入った「青簾」であるところが巧い。「青」の字がよく働いていて、家の全体が「青簾」からみずみずしく蘇っていくようだ。

長らへてわれもこの世を冬の蠅　　（昭和二年作）

『断腸亭日乗』昭和二年十月二十一日の「壺中庵記」の末尾にこの句がみえる。人にそしられ、嫌われながらもしぶとくしたたかに生きのびてきたみずからを戯画化している。句の趣向としては、随筆『冬の蠅』の書名の由来ともなっている、

憎まれて長らふる人冬の蠅　　其角『続虚栗』

の本歌取りである。「憎まれて長らふる」の自嘲がいかにも荷風好みで、愛誦していたのだろう。其角の句では、あくまで冬の蠅のように人から嫌われながらもしぶとく生き残る人を皮肉っている。荷風は「自分こそ冬の蠅である」と宣言しているのであり、強固な自我が一句の中心にある。自分の身を「冬の蠅」になぞらえるほどに自嘲できる人は、そうそういるまい。これほどの自虐・自嘲は、強烈な自我があってこそ可能なのである。この句と比べると、夏目漱石の「菫程な小さき人に生れたし」（明治三十年作）の一句は、ずいぶんロマンティックな作と映る。

同じ「冬の蝿」の句では、

筆たてをよきかくれがや冬の蝿　（年次未詳）

も見過ごしにはできない秀句である。使える音数が少なく、また季語を入れるという決まりを持つ俳句では、人生境涯をそのまま詠むことはむずかしい。おのずから、季語をおのれのメタファーとして描くことになる。この句においては「冬の蝿」はまさに作者のメタファーである。売文の徒であるみずからを、筆たての陰に隠れ住む冬の蝿とみなしている。着想も面白いが、筆立ての陰で埃まみれになって息をひそめているというのはいかにも冬の蝿らしく、実際に机上でこうした眺めに接したのではないかと思われるほど、イメージにリアリティがある。

もてあます西瓜一つやひとり者　（昭和八年作）

西瓜一つを贈られたが、ひとりものでは食べきれるものではない。西瓜の前で途方に暮れている作者の像を思うと微笑を禁じ得ない。「一つ」と「ひとり」が対応し、眼前に対するのは西瓜のみという孤独の極みが書き取られているが、リズムがよいのでふしぎと嘆き節には聞こえない。これは荷風文学一般にも敷衍できるだろうが、江戸音曲に親しんでいたためか、荷風の言葉はとにかく歯切れがよい。五七五の制約のある俳句でも、やはりそのリズム感覚は発揮されているのである。

鶏頭に何を悟らむ寺の庭　（昭和十九年作）

「枯葉の記」によれば、赤坂氷川神社近くの寺の庭で葉鶏頭を見ての作らしい。「禅寺に何悟れとや葉鶏頭」（昭和十六年作）という作も以前にあるが、こちらの方がすっきりしていて、出来が良い（鶏頭と葉鶏頭は別種なのだが、古くは混同されていた）。あまりに赤い葉鶏頭への戸惑いと、厳粛な禅寺の居心地の悪さとが重ねられている。いくら禅庭園にいたところで自分には悟りを得ることなどできようか、いや、できるはずもないという開き直りに、共感する読み手は多いだろう。

羊羹の高きを買はむ年の暮　（昭和二十年）

年の暮といえば本来、年を迎えるための食材を買わねばならないところ、甘い菓子など買っているこの句の主人公は、お節だの雑煮だのとは縁の薄い人物であることがうかがえる。これも作者荷風の自画像といってよいだろう。晩年の荷風のもとに出入りしていた相磯《あいそ》勝弥宛の書簡に見える一句。

この句を味わうには、戦後の物資困窮の時代背景を知っておく必要がある。「買はむ」といっているので、実際に買ったかどうかよりも、買おうとする意思をこそ言いたいのだとわかる。ばかばかしいほどの値段であっても、ほしいものがあったら、無理をしてでも買うべきだというのだ。景気や世相に左右されず、おのれの意思を貫く荷風の精神の気高さを感じる。たかが羊羹の句、というなかれ。

昭和二十一年に書かれた短篇「羊羹」は、新太郎という料理番が戦後、羽振りがよくなって元の主人に会いに行くというストーリーで、ラストにはまさにこの句のとおりのシーンがある。元の主人が変わらず良い暮らしをしていることを知った新太郎は、労働者たる自分が多少景気がよくなったところで大したものではないという悔しさのあまり、無闇に高い羊羹を無理に買おうとする。

国道へ出たので、あたりを見ると、来た時見覚えた薬屋の看板が目についた。新太郎は急に一杯飲み直したくなって、八幡の駅前に、まだ店をたたまずにいる露店を見廻した。然し酒を売る店は一軒もない。喫茶店のような店構の家に、明い灯が輝いていて、窓の中に正札をつけた羊羹や菓子が並べられてあるのを、通る人が立止って、値段の高いのを見て、驚いたような顔をしている。中には馬鹿々々しいと腹立しげに言捨てて行くものもある。新太郎はつと入って荒々しく椅子に腰をかけ、壁に貼ってある品書の中で、最も高価なものを見やり、
「林檎の一番いいやつを貰おうや。それから羊羹は甘いか。うむ。甘ければ二三本包んでくれ。近所の子供にやるからな。」

（「羊羹」）

庶民の意地を見せようとする新太郎のやけっぱちな気分は、「羊羹の高きを買はむ年の暮」の俳句を源流としている。

*

「われ」が強く出ている荷風俳句を読んできた。

『濹東綺譚』（昭和十一年作）の主人公があくまで「わたくし」であり荷風自身ではないように、荷風俳句における「われ」も、厳密には荷風自身とはいえない。しかし、その距離が、小説に比べて俳句は近いといえるのではないか。

そうした「われ」から眺めた世界が、いかにも慕わしく、なつかしいものとして詠まれているのも、それが人間荷風の生の肉体、うそのない眼を通して眺められているからだろう。

まずもって荷風の愛する景色とは、川べりである。幼いころから隅田川で泳ぎ、長じてからはそのほとりの紅灯の巷に入り浸ったのだから、荷風の生涯は川とともにあったといっていいだろう。

深川や低き家並のさつき空　　『荷風百句』

『断腸亭日乗』の昭和六年七月十四日に、「暗夜中洲より永代橋に至る川筋のさま物さびしく一種の情趣あり」とあって掲げられている句である。いかにも下町らしい「低き屋並」の上に、五月晴れの空があっけらかんと広がっている。「さつき空」の下に眺めるからこそ、軒を寄せ合うような街並みの息苦しさと、それゆえの慕わしさがともに感じられてくるのだ。「低き家並にさつき空」ではなく「低き家並のさつき空」であるところに、流石の技巧の冴えがある。「に」では、読者の視線が「家並」から「さつき空」へと下から上に誘導されるが、「の」とすると、視線は後ろに引いて、「家並」も「さつき空」もともに視界に入ってくる、いわゆる〝ロングショット〟の写し方となる。どちらの視線の誘導の仕方が、深川の眺めをより心ひかれるものにするかは、あらためていうまでもないだろう。

渡場におりる小道や冬の草　（昭和七年作）

『断腸亭日乗』の昭和七年一月十五日に見られる句。荒川放水路を漫歩する中で出来た句のようだ。地味な句なのだが、滋味深い一句といえよう。冬になって草々の生気が失われ、川べりに下っていく小道がありありと見えるようになった。こんなところに小道があったのか、という軽い驚きとともに、その小道が渡し場へ続いていることに気づく。さらに渡し場から川へ、川から海へとつながっていくような心の動きも読み取れる。枯れ模様の景色の中に、ほのかに芽生える旅ごころが一句に隠された心情であろう。

両国や船にも立てる鯉のぼり　（昭和九年作）

『断腸亭日乗』昭和九年四月二十六日の記述によれば、新大橋から吾妻橋まで汽船に乗った際に詠んだもの。「浅草川舟中口占」と前書がある連作中の一句である。「口占」とは、口をついでふと出た詩歌のこと。

両国橋の西岸、浅草橋界隈は、日本玩具や日本人形の問屋街である。五月人形やひな人形、鯉幟を扱う店を背景にして、漂う船上にも鯉幟が立っていることの珍しさに心惹かれての一句であろう。陸に家を持たない、水上生活者の船である。「両国や」とおおらかに詠い出し、「船にも立てる鯉のぼり」と景の中に一点に絞られていくという、衒いのない詠みぶりで、彼らを憐れむようなべたついた情とは無縁である。あるひとつの両国らしい眺めとして楽しんでいる風だ。

藪越しに動く白帆や雲の峰　『荷風百句』

「藪越しに」のあたりは、自分を隠し、守ってくれる境界への意識が強かった荷風らしい把握である。境界の向こうには、風に揺れるマストがちらついている。最後に置かれた「雲の峰」は、さらにその白帆のむこうに、無限の自由の大洋が広がっていることを暗示させる。「藪」から「白帆」、そして「雲の峰」と視点がぐんぐんと沖へ向かっていく展開に爽快感がある。

随筆の「日和下駄」（大正四年）の中に興味深い記述がある。

十五、六の頃であった。永代橋の河下には旧幕府の軍艦が一艘、商船学校の練習船として立腐れのままに繋がれていた時分のことである。同級の中学生と例の如く浅草橋の船宿から小舟を借りてこの辺を漕ぎ廻り、河中に碇泊している帆前船を見物して、恐しい顔をした船長から椰子の実を沢山貰って帰って来た事を覚えている。その折私達は、船長がこの小さな帆前船を操って遠く南洋まで航海するのだという話を聞き、全くロビンソンの冒険談を読むような感に打たれ、将来自分もどうにかしてこの如き勇猛なる航海者になりたいと思った事があった。

荷風の川の記憶は、外洋船の白帆にもつながっていた。少年期の荷風がロビンソン・クルーソーのような「航海者」に憧れていたというのは、意外なようであり、自由を愛する精神をその頃から持ち続けていた証左と見れば、納得もするのである。

荷風はあくまで隠遁者であり、旅人ではなかった。笠と蓑ではなく、蝙蝠傘と日和下駄の人であった。いくら外を散策したところで、それは一日で帰ってくる小さな旅にすぎない。荷風が旅人であったのは、青年期のアメリカおよびフランス彷徨時代に限られ、その体験は俳句の上にあからさまには反映されていない。それでも、こうした句を見ると、はるかなる土地への憧れは、荷風の中で完全に絶えていたわけではなかったのだとわかる。

続いては、川べりを離れて、荷風の愛した風景を見てみよう。

象も耳立てゝ聞くかや秋の風　『荷風百句』

象の耳の平べったさを思うと「耳立てゝ」はそぐわないようでもあるが、あえてこの語を使っているのだ。「象は」ではなく「象も」とあるのは、秋風に耳を澄ましている作者自身が一句の言外に居るからだ。

秋来ぬと目にはさやかに見えねども風の音にぞおどろかれぬる　藤原敏行『古今和歌集』

「秋の風」が「聞く」ものであるというのは、和歌からの伝統であった。ところがここでは、秋風を聞いているのが、まったく風流など解しそうもない象であるというのが面白い。薄くて大きい象の耳がぱたぱたと動いているところを見ると、なるほど秋風を聴いているようにも見える。

この句、愛嬌のある象の姿が詠まれていて親しみやすいためか、長谷川櫂監修・季語と歳時記の会編著『こども歳時記』（小学館、二〇一四年）にも「秋風」の例句として掲載されている。

荷風にとって「秋風」は、落魄の季節の象徴であり、そこに自分の孤独を重ねる風物であった。

たとえば『濹東綺譚』の末尾、お雪と別れた主人公が、秋風や秋雨に虐げられた庭を見る場面は、その典型といってよい。ところが、この句の内容は秋の寂寥感や、別離の悲哀とはかけ離れている。荷風は、俳句ではあまり深刻な題材は好まない。湿っぽい情を離れて、季節とともに変わっていく世の中の眺めを、純粋に楽しもうとしている。可笑しみと軽妙さが、荷風俳句の基調だ。

涼風を腹一ぱいの仁王かな　『荷風百句』

浅草寺の雷門の仁王像を詠んだものであろう。仁王の腹に着目したのがユーモラスだ。下から仰ぐと、たしかに仁王の大きな腹が目立つ。この句のプロトタイプとして、

立すくむ仁王の腹の夜さむ哉　（昭和二年作）

がある。ここでは、「夜寒」（秋）の季節感の中で、人間のように寒そうに立ちすくむ仁王が詠まれている。半裸状態の仁王の姿が、冷える夜を過ごすには、あまりに心もとないではないかと興じたわけだ。これではまだ安易さを否めないが、「涼風を腹一ぱいの仁王かな」というと、阿吽の阿のかたちに空けている口を、涼風を呑み込む口と見て、プロトタイプよりもぐっと俳味が強められている。ふくらんだ腹に、涼風がたっぷり入っていると見たのが面白い。

仁王は本来仏敵を調伏させる守護神であり、威圧的に塑造されているわけだが、涼風を呑み込んで涼しそうにしていると描かれると、仁王も形無しになってしまう。それが痛快だ。

吊干菜《つりほしな》それ者と見ゆる人のはて　『荷風百句』

「それ者」とは、かつて芸妓だったもののこと。いまは、軒先に干菜を吊って、侘しい暮らしを送っているというのだ。けっして〝上から目線〟で侮っているわけではないのは、生活感があり、どこか懐かしい「吊干菜」の季語が絶妙だからだ。「それ者と見ゆる人のはて」もきびきびとした言葉運びで、哀れみだとか優越感だとか、作者の感情を匂わせることなく淡々としている。

＊

荷風俳句が可笑しみと軽妙さを根底にしているのは、荷風にとっての俳句が、人と人とをつなぐツールでもあったからだ。笑いは、人の心を和ませ、互いの距離を縮める。荷風は人から求められれば、その場でさっと筆を執って、気軽に句を書きつけていたようだ。それがまた、味わい深い。たとえば、「妓の持ちし扇に」と前書のある、

気に入らぬ髪結直すあつさ哉　『荷風百句』

は、「扇」に書きつけるというところが心憎い。髪を何度も結い直すのは、面倒である。しかも夏の暑さの募るとき。滲み出て来た汗で髪が濡れ、いっそうまとまりづらくなる。そんなにやっきにならないで、この扇で少し涼みなさいな――そんなメッセージをしのばせているのだ。荷風流のフ

ィクションかもしれないが、この句を書きつけた扇を贈られた芸妓の心がふっと和んだであろうことは、想像に難くない。

春の船名所ゆびさすきせる哉　　『荷風百句』

「市川左団次丈煙草入れの筒に」と前書がある。二代目市川左団次は、荷風と親交を結んだ歌舞伎役者。「春の船」で「名所」と来れば、これはただの舟遊びではなく、隅田川をさかのぼって山谷堀に入り、吉原遊廓に乗りこむコースだと想像がつく。きせるで差す岸辺の名所というのも、嬉《うれし》の森や首尾の松といった、遊び人によく知られた名所であろう。持ったきせるで指さすように示しているというのが、役者らしく、格好がついている。

盛塩の露にとけ行く夜ごろ哉　　『荷風百句』
柚《ゆず》の香や秋もふけ行く夜の膳
秋風や鮎やく塩のこげ加減

「芝口の茶屋金兵衛にて」と前書を付された三句。「金兵衛」は、一膳飯屋と呼んで足しげく通っていた新橋の料亭。『断腸亭日乗』昭和九年九月一日の記述によれば、そこの女将から求められて色紙と短冊に書いたものだという（「盛塩」の句は旧作の再利用）。

「盛塩」の句は、店の前に置いてあった盛塩が、夜露でしっとりと湿って溶けてしまったという、荷風好みのはかない風情を漂わす作。草葉に結ぶ「露」を、巷間に見出したのが独創的だ。「とけ行く」で、愉しい夜が過ぎていくのを惜しむ気持ちを滲ませていて、この人懐かしさはなるほど荷風の作である。古語の「夜ごろ」の締めが、一句全体をゆかしい雰囲気で包み込んでいる。

「柚の香」の句は、舌と鼻で秋の情趣をたっぷりと味わっている。「柚」と「秋」の季重なりも何のその、むしろこの季重なりが、秋の季感を厚塗りにして、「膳」の豊饒をよく伝えている。「ふけ行く」は表面上「秋」に掛かりながら、「夜の膳」の「夜」にも掛かるような作りになっていて、江戸俳諧に学んだ荷風らしい作りだ。やはり、夜更けに冷えの募ってきたころに、過ぎゆく秋のほろ苦い情趣はもっとも濃くなるだろう。「秋もふけ行く夜」は、なるほど言い得て妙である。

「秋風」の句は、池澤一郎氏は『晋書』の「蓴羹鱸膾《じゅんこうろかい》」の故事（秋風の吹くのを見た張翰《ちょうかん》は、故郷の蓴菜《じゅんさい》の羹《あつもの》と鱸《すずき》の膾《なます》の味を思い出し、官吏を辞職して帰郷した）を踏まえているとするが（『荷風俳句集』注解）、特段故事を意識しなくても味わえよう。秋風が吹く音と、鮎が焦げる音のシンフォニーを楽しんでいるのだ。「焼き加減」ではなく「こげ加減」といったのが面白い。脂の乗った秋の落ち鮎は、焦げ目がついてこそ美味いのだという、「こげ」への愛着が思われる。見苦しさや愚かしさをこそ愛した荷風の美意識が、さらりと出ている。

一句目から三句目にかけて、しだいに店の奥へ入っていく構成も気が利いている。料亭に貼りだされる色紙の句として、まさに満点の出来である。

稲妻に臍もかくさぬ女かな

（昭和四年作）

『断腸亭日乗』の昭和四年九月一日に、「三番町に往《い》く、隣家の妓来りて句を請ふ、仍《よつ》て次の如き駄句を書して示す」とあって掲げられている句である。

麹町の三番町は、当時荷風が囲っていた関根歌に店を持たせた場所だ。同年の八月十八日の記述には「薄暮三番町に往き食後路地の涼台に腰かけて近隣の妓と雑談に更けること毎夜のごとし」とある。涼みついでの歓談のうちに親しくなった芸妓が、荷風が文人であることを知って、一句書いてくれと言ってきたにちがいない。「臍もかくさぬ」は、そうした涼みの場で、前をはだけてしどけない肢体を見せる芸妓がいたのを、さっと言い取ってみせたのだろう。涼みの場の寛いだ雰囲気をよく伝えて、捨てがたい魅力がある。「稲妻」を配したのは、もちろん、雷が臍を取りに来るという俗信を踏まえてのこと。ほらほら、そんなに前をはだけていると、臍をとられるぞ、と戯れているわけだ。

泉鏡花に、「稲妻に道きく女はだしかな」の作がある。題材こそ通じているものの、鏡花の句がいかにも怪奇趣味なのに対して、荷風の句はやはり艶っぽい。俳句の前では、人の本質が晒されてしまう、という良い例であろう。

白魚に発句よみたき心かな

（昭和十五年作）

『断腸亭日乗』昭和十五年三月三十日に「燈刻歩みて虎の門に至り地下鉄にて日本橋に行き花村に

飯す。白魚味よし」とあって後に掲げられた一句である。

試みに「海鼠腸《このわた》に発句よみたき心かな」「草餅に発句よみたき心かな」など、ほかの食材に替えてみるとわかるのだが、「白魚」でなければ一句が成立しないという絶妙の納得感がある。寿命は一年と短く、半透明の体はいかにもはかなく、発句に書きとめておかねばと思わせるからだろうか。発句に詠みたいほどに美味な白魚の一品であることを亭主に謝するという、当意即妙、その場での挨拶の心をこめた吟であり、写生によっては近づきがたい境地である。白魚飯や白魚汁などといっては俗になる。「白魚に」と生きている白魚の姿を匂わせたのは品の良い詠みぶりだ。


かたいものこれから書きます年の暮　（昭和二十七年作）

昭和二十七年十一月三日、荷風に文化勲章が授与された。この句は、翌月に中央公論社の社長と対談した際に詠まれたもので、荷風の句としては異例の話し言葉で書かれている。仮に「かたきものこれより書かん」などと文語調にしてしまっては、マジメな所信表明となってしまう。荷風俳句に、マジメさは似合わない。

背景に文化勲章授与があったとすれば、これはピリッと毒を含んだ句ということになる。これまで書いてきたものが、軟弱で、ふざけたようなものであることを自覚しつつ、国家権力のお墨付きをもらったからには、硬質で重厚なものを書かねばならないといっているわけだが、その裏には、軟弱な作家を国家が認めたことに対する皮肉が混じっているのである。あきらかな皮肉とわかっても、表面上は「書きます」と丁寧な物言いをしているわけで、「不遜だ」という物言いがついても、暖簾に腕押しである。それに、公権力を嗤《わら》っていると同時に、軟弱な自分自身も嗤っているわけで、他人がどうこう言える話ではなくなっている。荷風ならではの世相批評の一句と言えよう。

この作以降、昭和三十四年に亡くなるまで、荷風の俳句は見あたらない。加藤郁乎氏が「辞世の吟と目してよい」（『荷風俳句集』解説）と言っているとおり、ただ最後に作った句というのではなく、荷風の人生の総決算といえる一句である。権力と闘う武器は、剣や槍のような「かたいもの」には限らない。十七音の針先に「俳味」という毒を塗り、侮っているうちにぷすりと刺す――そんなしなやかで軽やかな攻撃が、まっすぐに権力の虚妄の中心に届き、瓦解へ導くこともあるのだ。

以上、人とのかかわりの中で書かれた荷風の句を見てきた。

独白の俳句、というものもあるだろう。自分自身へ向けての、つぶやきのような俳句。しかし、荷風の俳句は、人と人のあいだに交わされることで、光輝を得るというタイプである。活字で読むにもかかわらず、あたかも今目の前で一句をしたためたかのように感じる言葉の軽妙さが、その身上だ。俳句は一個の文学作品であり、一句は作品として独立していなくてはならないという近代俳句の常識に縛られない荷風の句の、肩ひじ張らない詠みぶりは、文学の価値が衰えた今こそ、見直されてよいものだろう。

＊

社会からも、家庭からも自由であった荷風、最後に付言しておきたいのは、〝俳句からも自由〟

であったということ。要するに、根岸派の写生や、新傾向俳句ともかかわりは薄く、荷風は古き良き江戸俳諧の世界に遊んだのである。

風流人の先達として慕った籾山梓月《もみやましげつ》の句集の序文に、荷風の俳句への思いをうかがえる一文がある。

俳句は原《もと》より新派俳人等の言を待たずして詩の一形式たるや論なし。俳句既にして詩にして科学にあらずとせば深刻に人生問題を提供する事あり提供せざる事あり。単に言語上の快感に止まる事あり、七五調をなせる旋律の美に過ぎざる事あり、皆共に俳句の詩たる価値を上下するものにあらず。

(『江戸庵句集』序)

専門俳人は流派を確立するため、みずからの俳句観を煮詰めたスローガンを案出しなくてはならない。高浜虚子の「花鳥諷詠」「客観写生」や河東碧梧桐の「無中心」は、その典型である。そのスローガンが、流派の中に排他的空気を生み出し、本来「俳諧自由」(『去来抄』にみられる芭蕉の言)であるはずにもかかわらず、その自由さを制限することも俳句史上、珍しいことではない。

専門俳人ではない荷風はその点、俳句はこういうものである、という一面的な言説を持つ必要もなく、詩を感じられればそれでよい、という鷹揚な態度である。人生の問題を深刻に扱っても良いし、扱わなくても良い。内容は何もなくて言葉が心地よいというだけでも良いし、口にしたときの調べが美しいというだけでも良い。なんとも気楽で、自由な態度である。「自分は書家でも俳諧師でもない」（「にくまれぐち」）と自認して、ことさら俳句とは何であるかを定めない荷風の俳句は、真の意味で自由であった。

〔編集附記〕

一　本書は、『荷風全集』第六巻―第八巻、第十二巻、第十四巻、第十六巻、第十八巻、第二十巻、第二十四巻―第二十五巻（岩波書店、一九九二年―一九九四年）を底本とした。

二　原則として、漢字は新字体とした。

三　旧仮名づかいを新仮名づかいにあらためた。原文が文語文であるときは、歴史的仮名づかいのままとした。

四　難読字は適宜新仮名づかいにひらき、また適宜新仮名づかいでルビを振った。

五　本文中に、今日の人権意識に照らして不適切と思われる語句や表現があるが、時代的背景と、作品の歴史的価値にかんがみ、加えて著者が故人であることから、底本のままとした。

●著者
永井荷風（ながい　かふう）（1879.12.3–1959.4.30）
東京生れ。高商付属外国語学校清語科中退。広津柳浪・福地源一郎に弟子入りし、ゾラに心酔して『地獄の花』などを著す。1903 年より 08 年まで外遊。帰国して『あめりか物語』『ふらんす物語』（発禁）を発表し、文名を高める。1910 年、慶應義塾文学科教授となり「三田文学」を創刊。その一方、花柳界に通いつめ、『腕くらべ』『つゆのあとさき』『濹東綺譚』などを著す。1952 年、文化勲章受章。1917 年から没年までの日記『断腸亭日乗』がある。

●編著者
持田叙子（もちだ　のぶこ）
1959 年、東京生れ。近代文学研究者。慶應義塾大学大学院修士課程修了、國學院大學大学院博士課程単位取得退学。1995 年より 2000 年まで『折口信夫全集』（中央公論社）の編集に携わる。著書に、『朝寝の荷風』（人文書院、2005 年）、『荷風へ、ようこそ』（慶應義塾大学出版会、2009 年、第 31 回サントリー学芸賞）、『永井荷風の生活革命』（岩波書店、2009 年）、『折口信夫　秘恋の道』（慶應義塾大学出版会、2018 年）などがある。

髙柳克弘（たかやなぎ　かつひろ）
1980 年、静岡県浜松市生れ。俳人。早稲田大学大学院教育学研究科で松尾芭蕉を研究し、修士修了。2002 年俳句結社「鷹」に入会し、藤田湘子に師事。05 年より「鷹」編集長。04 年「息吹」で第 19 回俳句研究賞を最年少で受賞、08 年『凛然たる青春』で第 22 回俳人協会評論新人賞受賞、10 年句集『未踏』で第 1 回田中裕明賞受賞。17 年度 E テレ「NHK 俳句」選者。主な著書に、句集『寒林』（ふらんす堂、2016 年）、『名句徹底鑑賞ドリル』（NHK 出版、2017 年）、『どれがほんと？——万太郎俳句の虚と実』（慶應義塾大学出版会、2018 年）などがある。

美しい日本語　荷風Ⅲ　心の自由をまもる言葉

2020年6月30日　初版第1刷発行

著　者――――永井荷風
編著者――――持田叙子・髙柳克弘
発行者――――依田俊之
発行所――――慶應義塾大学出版会株式会社
〒108-8346　東京都港区三田2-19-30
TEL〔編集部〕03-3451-0931
〔営業部〕03-3451-3584〈ご注文〉
〔　〃　〕03-3451-6926
FAX〔営業部〕03-3451-3122
振替　00190-8-155497
http://www.keio-up.co.jp/
装　丁――――中島かほる
表紙・扉画―――「清香画譜」（天理大学附属天理図書館蔵）
印刷・製本――株式会社理想社
カバー印刷――株式会社太平印刷社

Printed in Japan　ISBN 978-4-7664-2618-2